JN112991

二人目の私が夜歩く

辻堂ゆめ

Tsujido Yume

中央公論新社

目次

装画　日下　明
装幀　高柳雅人

二人目の私が夜歩く

プロローグ

行ってくるね、と台所で洗い物をしているおばあちゃんに声をかけ、茜は廊下に走り出た。
　解放感の三文字が、身体の隅々まで染みわたっていた。壁に這わせた右手の指先が軽やかに動く。苦しい冬だった。だけど春にはきちんと花が咲いた。我慢に我慢を重ね、ようやくつかみ取った結果を真っ先に報告したい相手は、一におばあちゃん、二におじいちゃん、そして三に、ずっと会いたかったあの人だった。

「茜ちゃん、どこに行くの」

　玄関で靴をつっかけていると、くぐもった声が台所のほうから聞こえ、廊下に続くドアが音を立てて開いた。手についた水滴をエプロンの端で拭いながら、おばあちゃんがこちらに近づいてくる。洗い物の水音に紛れて用件が聞こえなかったのかな、と一瞬考えたけれど、それにしてはずいぶんと険しい顔をしていた。茜がどこに行くのか分かった上で引き止めようとしているのだとしたら、こちらにだって言い分があった。

「咲子さんのところ。会ってきてもいいでしょ？」

「待って、茜ちゃん」

「なんで？　受験、やっと終わったのに」

そう言いながら、施錠されていた鍵を開け、曇りガラスの嵌った玄関の引き戸に手をかける。

おばあちゃんが何かを言った。

え、と茜は訊き返し、おばあちゃんを振り返った。

「咲子さんはね、去年の夏――」

その言葉をもう一度聞き終わった瞬間、指先が固まった。

頬を伝った涙が、タイル張りの三和土に落ちる。

わずかに開いた引き戸の隙間から、強い春風が吹き込み、何も知らなかった茜を笑うかのように、足元の塵を舞い上げた。

第一部　昼のはなし

あつうらさ——きこです、よろしくね、あか——ねちゃん。

初めは分からなかった。ベッドの上の咲子さんが、どうして途切れ途切れに話すのか。

自分だって同じだ、と気づいたのは、会話し始めてしばらく経ってからだった。人は皆、息を吐いているときにしか声を出せない。咲子さんの場合は、呼吸の間隔が規則正しく管理されているから、喋っている途中に機械が〝吸う〟動作に入ると、強制的に発声が中断されてしまう。

「今日の咲子、すごくいい顔してる。やっぱり嬉しいわよね、こんなに若い女の子が来てくれるなんて、今までなかったもの」

「いつもお婆ばかりで申し訳なかったわねぇ」

娘のそばに屈んでいる厚浦多恵子さんが喜びの声を上げると、介護用ベッドの後ろにあるダイニングテーブルでお茶を飲んでいる森末重美さんが、半分いじけたように言った。

「あ、重美さんごめんなさい、『おはなしボランティア』の皆様には、日頃から感謝してもしきれないくらい感謝してるんですよ」

「まあね、高校生の茜ちゃんを道でスカウトしてきたのも含めて、お婆の年の功ってことにしておきましょ」

「ええ、ナイスプレー、ナイスプレー」

年配の二人が笑いあう。小柄で華奢な重美さんは茜の祖母と同じ七十二歳で、ふくよかな体形をした多恵子さんは六十代前半くらいだろうか。妙に息の合った二人の会話を聞いた咲子さんが、眠そうな両目をわずかに見開き、ベッド脇の丸椅子に座る茜に問いかけてきた。

「スカウトって、知り合――いじゃないのに、道で声――かけられたの？」

「あ、違うんです、重美さんは町内会が一緒で、うちのおばあちゃんとも雑巾サークルの友達で、普段から家に遊びにきたりもしてて。今日は私、職員研修だとかで学校が半日授業だったんですけど、帰ってくる途中に重美さんとばったり会って……今からボランティアに行くところだから一緒に来ないかって、急に誘われて」

「初瀬さんはどうせ不在だろうって知ってたしね、町内会の役員会議で」と、重美さんが茜の祖母の予定に言及する。「茜ちゃんをここに連れてくれれば、咲子ちゃんに絶対に喜んでもらえるだろうと思ったのよ、なんせピカピカの女子高生だもの」

「それで制服――だったんだね。雑巾――サークルって？」

「雑巾を縫いながらお茶を飲んでお喋りする、町内会の集まり、でしたっけ？」

そう言いながら重美さんに目を向けると、「年寄りの井戸端会議ね。雑巾はおまけ」というあっけらかんとした答えが返ってきた。

ベージュ色の長袖パジャマを着ている咲子さんが、背もたれを起こした介護用ベッドに身を預けたまま微笑(ほほえ)む。身を預けるといっても、咲子さんの意思で寄りかかっているわけではなくて、母親の多恵子さんが定期的に本人の希望を聞いて体勢を整えてあげているようだった。ここへ来る徒歩十分ほどの道すがら、咲子さんが十代の頃に事故に遭(あ)って頸椎損傷(けいついそんしょう)の大怪我(おおけが)をし、首から下が麻痺(まひ)して自発呼吸もできなくなるほどの重い障害(しょうがい)を負ったのだということだけ、重美さんから一方的に聞かされていた。

学校帰りの茜を半ば無理やり他人の家に連れてくるくらいには、重美さんはいつもパワフルだ。茜が小学生の頃には夏休みのラジオ体操(たいそう)を毎朝指導してくれていたし、家で遊んでばかりいたら、外に引っ張り出されて遠くの河原(かわら)まで一緒にジョギングをする羽目になったこともある。だけどさすがに年齢(ねんれい)には抗(あらが)えず、最近は膝(ひざ)の痛みに悩まされて整形外科に通院しているらしい。そんな重美さんが、直接身体を動かす活動の代わりに最近募集(ぼしゅう)を見つけて参加し始めたのが、市内に住む寝たきりの患者(かんじゃ)を訪ねる「おはなしボランティア」なのだという。

茜は初対面の人と話すのが得意ではなかった。とてもじゃないけれど、散歩中に誰彼(だれかれ)構わず挨拶(あいさつ)する重美さんのようにはいかない。勢いに押されてついてきてしまったものの、「おはなしボランティア」だなんていったいどんな話をすればいいのだろうと、生活感にあふれた小さな玄関に足を踏(ふ)み入れた途端(とたん)、緊張(きんちょう)でお腹(なか)が痛くなってきた。

幸いだったのは、咲子さんも、その母親の多恵子さんも、すごく人当たりがよかったことだ。咲子さんは周りの話を聞きながら終始にこやかな表情を浮(う)かべているし、多恵子さんはよく通る大きな声で次々と話題を振ってくれる。また、咲子さんの話すスピードが非常にゆっくりだったことも、茜に心のゆとりを与えてくれた。人工呼吸器が咲子さんの喉に空気を送り込んでいる間に、返答の言葉を落ち着いて用意することができるから、学校で友達と話すときのような焦りを覚えることはない。

「茜ちゃんは、高校――何年生？」

咲子さんの声は、弱くて、かすれていて、喋るとほんの少し、空気が漏れるような音がする。

「三年生、です」

「えっ、じゃあ――忙しいんじゃない？」

来年大学受験です、と頷くと、キッチンからマグカップを二つ運んできた多恵子さんが驚いたように口を半開きにした。「ちょっと重美さん、受験生をスカウトしてきちゃダメじゃないですか！」「あらぁ、茜ちゃんももうそんな歳だったのねぇ、それは失礼しました」という能天気な大声が、四人掛けのダイニングテーブルの上を明るく飛び交う。

小ぢんまりとした一軒家の、縦に細長いリビングは、幅の広い電動ベッドにほとんど占拠されていた。ダイニングテーブルはカウンターキッチンとベッドの間の狭い隙間に追いやられているため、後ろを振り返ることのできない咲子さんには、お茶を飲んでいる重美さんの姿が見えていない。その代わりに、咲子さんの視線の先には壁掛けの液晶テレビが設置されていた。普段、多恵子さんが離れたところで家事をする間は、一人で好きな番組やＤＶＤを見て過ごしているのだろう。

ベッド脇の台に置いてある人工呼吸器は、小型のプリンターのような形をしていた。全体はくすんだ白色で、手前に向かって開いている蓋の向こうには水色のボタンがたくさんついている。横長の液晶画面には、小難しそうな数字がいくつも表示されていた。前面の接続部からは直径二センチくらいの太さの半透明の管が延びていて、そのもう一方の先が、咲子さんの喉に開いた穴に繋がっている。そこから絶えず、空気の出入りする音が聞こえている。

「はいこれ、若者たちはあま〜い柚子茶ね。普段の癖でホットにしちゃったんだけどごめんなさいね、こんな夏みたいな陽気の日なのに」

　多恵子さんが窓の外に目をやりながら、ピンク色のマグカップを差し出してきた。ホットというけれど、見たところ湯気は立っていない。お礼を言って受け取り、ほんの少しだけ啜ってみると、柚子茶は想像していたよりぬるかった。多恵子さんが水色のマグカップにストローを差し、娘の口元にそっと差し出しているのを見て、そうやって飲んでも舌を火傷しないようにわざわざ冷ましたのだと察する。

　ベッドのすぐ向こう側にある掃き出し窓は、今日の陽気を歓迎するかのように、いっぱいに開け放たれていた。網戸の向こうに、色とりどりの植木鉢の並ぶ小さな庭が見える。室内から見ているだけなのに、降り注ぐ日光が眩しい。まだゴールデンウィークが終わったばかりだけれど、吹き込んでくる風は確かに夏の香りをはらんでいて、パジャマの肩に垂らしたセミロングの黒髪がなびくたび、咲子さんが気持ちよさそうに目を細めた。

　ベッド脇の空間は狭く、多恵子さんは壁と人工呼吸器の台との間に身体を無理やり押し込むような姿勢で、娘の介助をしている。自分が丸椅子に陣取っているせいでスペースが窮屈になっているのだと気づき、「私、どきますね」と茜が慌(あわ)てて立ち上がると、「いいのよ、そこにいて」と多恵子さんは笑顔でこちらを振り返った。

「茜ちゃんはなるべく咲子の視界に入っててもらわないと。高校生の女の子だなんて、見てるだけで元気をもらえるんだから。ね、咲子？」

「そうよそうよ、いくら見つめたってお婆じゃ目の保養にならないからねぇ」

　重美さんが再び自虐(じぎゃく)発言をし、ストローをくわえている咲子さんが、可笑(おか)しそうに口元を緩(ゆる)める。

　だったらせめて、ボランティアらしく何かお手伝いをしていないと、どうにも居心地が悪い。咲子さんのマグカップを自分に持たせてもらえないか、と恐る恐る尋(たず)ねてみると、多恵子さんは喜んで替わってくれた。口元に差し出しさえすれば自力で飲めるから、介助する上で特に注意すべきことはないという。

　茜に出されたものとは違い、咲子さんの柚子茶にはとろみがついているようだった。リクライニングした姿勢だとこのほうが飲みやすいのかな、などと分からないなりに考えながら、茜は咲子さんのそばで前のめりになり、彼女が唇(くちびる)をすぼめてマグカップから液体を吸い上げるのを見守った。

「ありがと――もう大丈夫」

　しばらくして、咲子さんが喋りにくそうにしながら微笑みかけてきた。首から上しか動かせない彼女が、自力でストローを口から外すのは難しいのだと気づき、「ごめんなさい！」と急いで手を引っ込める。

　ちらりと目をやると、重美さんと多恵子さんは、ダイニングテーブルを挟んで世間話に花を咲かせ始めていた。迷った末、咲子さんの柚子茶が入った水色のマグカップは、茜のものと並べてベッド脇の小さなサイドテーブルに置いた。

「今日は来てくれて、本当――に、嬉しいよ」

「私なんかでいいのかどうか……あの、どんなお話をするのが好きですか？　といっても私、帰宅部だし、友達も少ないし、話題の芸能人とかニュースにも疎いし、何の特技もないし、重美さんみたいに面白い話なんてできないんですけど……」

「そこにいてくれるだけで――いいんだよ、嬉しいもん」

　咲子さんのかすれ声が、不意に天から落ちてきた雨粒のように、茜の心に染み込んだ。なんだか信じられない気分だ。口下手で何の取り柄もない自分が、ただ椅子に座っているだけで歓迎される場所があるなんて、そんなことがあっていいのだろうか。

　でも同時に、ちょっと困ってしまう。話題がなくては、「おはなし」は続かない。

　そんな茜の戸惑いを察したのか、咲子さんが再び口を開いた。

「お母さんは、私たちを――若者たちって、一括りにするけど――私、もうすぐ三十歳なんだ。さすがに無理があるよね――十七歳か、十八歳の茜ちゃんからしたら――同世代なんて、いい迷惑」

「そんなことないです！　二十九歳も十七歳も、お婆たちに比べたらめちゃくちゃ若いです。

「一緒、一緒」

とっさに答えてから、重美さんだけでなく今日初めて会った多恵子さんまでお婆呼ばわりしてしまったことに気づき、茜は思わず赤面した。幸い、ベッドの後ろでお喋りしている二人には聞こえなかったらしい。茜が安堵の息をつくと、咲子さんが顔をくしゃりとさせて笑った。

「大学に行くってこと――は、勉強は好き？　私もね――頭の体操と思って、英検の――勉強、してるよ」

茜が驚くと、自分のような重度障害者だと口述解答が許可される場合があるのだと、咲子さんは丁寧に教えてくれた。さすがに上の級になると受験自体が難しくなるけれど、中学レベルくらいの級であれば合格の望みもなくはない。一番のハードルは、数えるほどしか挑戦したことのない人工呼吸器を携えての外出だ。そう嬉々として話す咲子さんを前に、「自発的に勉強するってすごい」と思わず呟くと、「そう言うってことは――茜ちゃん、勉強は好きじゃないか」とあっさり見抜かれてしまった。

「好きだったら苦労しないんですけどね。嫌で嫌で仕方なくて、指定校推薦はまったく取れないくらいの成績で……だから一般受験をする羽目になっちゃったんですけど」

「私も、高校生の頃は勉強――大嫌いだったよ。だってそれ――以外にも、やりたいことなんていっぱい――あるもんね、その頃って。音楽とか、スポーツとか、恋愛とか。いいなぁ、戻りたい」

その言い方からして、少なくとも高校生の頃までは、咲子さんは健常者として日々の生活を送っていたようだった。

部活の類いはやっていたのかと尋ねると、軽音楽部でギターボーカルを務めていたという。今でも音楽は好きで、来訪者がないときは好きなバンドのＣＤを大音量で流してもらっているのだと、咲子さんは穏やかに語った。

茜はそこに、共通の話題の糸口を見出した。咲子さんみたいに人前で演奏したりはできないですけど、と控えめに前置きした上で、小学生の頃に無料の作曲ソフトに出会って以来、たまにパソコンで曲を作ってはインターネットにアップロードしていることを話す。

趣味の話を人にしたのは初めてだった。一緒に住んでいるおばあちゃんやおじいちゃんにはさすがにバレているだろうけれど、歌や楽器を習ったこともないのに作曲が好きだなんて、一人前に周りに言いふらせるはずがない。

「すごいね！　才能――あるんだね。曲、聴かせてほしいな」

「ああっ、あまり大きな声で言わないでください！　重美さんに聞かれると、ご近所じゅうに噂を広められちゃう」

「大丈夫だよ、大きな声――出せないから、私」

よく考えてみると、人工呼吸器を装着している咲子さんの声量は常に一定だった。声が大きくなったように錯覚したのは、茜自身の動揺のせいだったのだろう。

いっそう恥ずかしくなりながら、茜は咲子さんの耳元に口を寄せ、小さな声で説明した。

「パソコンでの作曲って、楽器を演奏するよりずっと簡単なんですよ。マス目をクリックして埋めていくだけで音が記録できるし、ドラッグして横に引っ張ればマス目の数だけ音が伸びる、みたいな単純な仕組みで。『ドッドー』とか『ミファソー』とか、カタカナを打ち込むだけで音を鳴らしてくれる無料ソフトまであったりするんです。だから、全然大したことじゃないんですよ」

小学三年生のとき、教室に置いてあった古いオルガンを休み時間に鳴らしていたら、ピアノを習っているクラスの女子に「下手くそ」と鼻で笑われたことを思い出す。これまで音楽の趣味を頑なに誰にも明かしてこなかったのは、それがトラウマになっていたからかもしれない。

それがなぜか、今はまるで抵抗なく話せる。咲子さんとは今日初めて会ったばかりなのに、毎日学校で顔を合わせるクラスメートや、おばあちゃんと顔見知りの近所の人たちより、ずっと気楽に話せるのはどうしてだろう。一つ心当たりがあるとしたら、ここにいてくれるだけで嬉しい、視界に入っていてくれればそれでいい、という咲子さんや多恵子さんの大らかすぎる歓迎が、臆病な茜に勇気を授けてくれたのかもしれなかった。

「歌詞は、自分で――書くの？　歌は？」

「あ、今までに作ったのは全部インスト……楽器だけの曲なんです。歌うこと自体はわりと好きなんですけど、国語が苦手なので、歌詞がもう、びっくりするほど書けなくて」

「じゃあ、私が書くのは――どうかな？」

咲子さんの意外な言葉が、意外なほど自然に、茜の胸の中に滑り込んできた。

「あ、経験はないし、国語は――私も全然だったよ。でも考える時間だけは、普通の人の――

何倍も、あるからね。でも今は、茜ちゃんは受験生で——忙しいと思うから、そうだなぁ——来年の春までに、私が歌詞を書く。そのあとで、茜ちゃんが——曲を作る。一大プロジェクト」

とてもゆっくりとした咲子さんの言葉が、その緩やかさを保ったまま耳から流れ込み、胸に染みわたっていった。

身体の奥底がじんと熱くなるような、聞こえるはずもない咲子さんの鼓動と共鳴しているような、不思議な感覚に襲われる。重美さんに突然道で声をかけられて連れてこられた先に、こんなに温かい空間が待っているとは思わなかった。普段から体調を崩しがちで学校をしょっちゅう欠席し、そのせいでせっかく入った合唱部にも馴染めずたった二か月でやめてしまい、大学受験にも意味を見出せないまま周りに流されるように生きている茜が、ありのままの自分でいても許されるだけでなく、存在を喜ばれさえする場所。

咲子さんは茜より、十二歳も年上だ。だけど、世代が離れている感じはあまりしない。もしかすると、今の茜と変わらない年齢の頃から、咲子さんが家で寝たきりの生活を送っているからなのかもしれない。

また明日もここに来たい、と純粋に思う。

この短い間に、咲子さんのことがそれだけ好きになっていた。笑うと目が糸のようになる柔らかい表情も、呼吸の間に垣間見えるおっとりとした喋り方も。今日初めて顔を合わせたばかりの、どこの馬の骨とも知れない女子高生に、いきなり自作の歌詞を提供すると言い出す天性の無邪気さも。

仲良くなったみたいね、と重美さんがダイニングチェアから立ち上がって話しかけてきた。あまり長時間喋らせすぎると体力のない咲子さんを疲れさせてしまうし、多恵子さんの家事や介護の邪魔にもなりかねないため、長居することなくこまめに訪問するのがボランティアの大切な心構えなのだと、ここへ来る前に聞かされていたことを思い出す。

「あの……重美さん。次って、いつ来る予定ですか」

「この家に？　明後日の、水曜日のつもりでいたけど」

「私もまた、一緒に来てもいいですか。あ、学校があるので、夕方でよければ……なんですけど」

そう言って、多恵子さんと重美さんの表情を交互に窺う。すると二人は驚いたように目を見合わせ、「いつでもいらっしゃい」「思いがけなくスカウト大成功！」とそれぞれ顔をほころばせた。

「じゃ、初瀬さんには私から話しておくわね。『うちの孫は今年受験生なのに誘惑しないでちょうだい』って、叱られる気がしてならないけど」

「茜ちゃん、無理して来ることはないのよ。ああでも、咲子がこんなに笑った顔、とっても久しぶりに見たわ。よかったわねぇ咲子、茜ちゃんね、明後日また来てくれるんだってよぉ」

多恵子さんの明るい大声が、介護用ベッドでいっぱいの狭いリビングに響きわたる。

去り際に茜が手を振ると、咲子さんは上唇と下唇を二度、軽く触れ合わせた。本人や多恵子さんに教えてもらったわけでもないのに、手を振るジェスチャーの代わりにそうしているのだろうと、すんなり腑に落ちた。

五月の昼下がりの晴れた空は、今すぐ両手を広げてそのただなかに羽ばたいていきたくなるくらい、爽やかで清々しい光に満たされていた。だけど咲子さんが今日、この透き通るような大空を直接目にすることはないのだろうと思うと、寂しさが煙のように噴き出してきて、茜の心に小さな影を作る。

――今、空を見上げているこの瞬間だけでも、入れ替わってあげられたらいいのに。

そんなことを考えながら、膝の痛みを訴える重美さんの腕を支えつつ、茜は自宅への道をゆっくりと歩いた。

*

襲いかかってくる靄から逃れようともがきながら、必死の思いで枕元を探り、鳴り続ける目覚まし時計を止めた。

午前六時。朝は苦手だ。なかなか起きられない体質であることは分かり切っていたのに、中学三年生の頃の自分は、なぜ遠方の高校を選んでしまったのだろう。どうせ学校生活エンジョイ勢には交じれっこないのだから、校風や制服のデザインなど気にせずに、学力が足りる中でとにかく家から近い高校を受験したほうがいいと、当時に戻って忠告してやりたくなったことは数知れない。

身体がぐったりと重いのは、毎朝のことだった。眠りの世界から抜け出すのには相当な気力が必要で、自分一人の意思では完遂できないことが多い。だから一つや二つ寝返りをして、ベッドからわざと転がり落ちることにしている。その衝撃で、やっとのことで目が覚めるのだ。

この対処法を始めた当初は、物音にびっくりするからやめなさいと、おばあちゃんにひどく怒られた。だけどそうでもしなければ茜が自力で起きられないのだと分かってからは、仕方なく許してくれるようになった。長年、茜が寝つきの問題を抱えていることは、おばあちゃんも知っている。夜、眠りにつくまでに長い時間がかかるから、そのしわ寄せで睡眠時間が減り、朝が弱くなる、という仕組み。

せめてもの救いは、ひとたび寝つくと、夢を一切見ないほどよく眠れることだった。夢を見ないということは、熟睡できているということ。睡眠時間が短めでもなんとか日々の生活を送れているのは、そのおかげに違いない。

フローリングの床に転がって、白い天井を見上げた。

頭上の窓からは、燦々と陽が差し込んでいる。少しでも寝覚めがよくなるようにと、中学の頃からはわざとカーテンを全開にして就寝しているのだけれど、今のところ効果を実感したことはない。

普段の不調に輪をかけて、今日は身体がだるかった。

学校を休みたい、行きたくない――そんな甘えた考えを頭の外に追いやって、ようやく上半身を起こす。低血圧を疑ったこともあるけれど、どうもそういうわけではないらしい。学習机の角に手をかけて身体を引き起こし、眠気に負けないように大きく伸びをすると、少しは気分が楽になった。のろのろと制服に着替え、通学用のリュックを肩にかける。

部屋を出ようとして、ドアが半開きになっているのに気がついた。

変だな、と首を傾げる。この家の玄関には昔ながらの柱時計が据えてあって、夜中でも一時間ごとに音が鳴るのが気になるから、寝る前には必ずドアを閉めておくようにしているのだ。早く起きたおじいちゃんかおばあちゃんが部屋を覗いたのかなと、ちょっぴりプライバシーを侵害されたような気になりながら、階段を下って洗面所に向かう。

冷たい水で念入りに顔を洗ってから台所に顔を出すと、ちょうどおばあちゃんが朝食の皿をお盆にのせ、居間のテーブルに運ぼうとしているところだった。おはよう、と朝の挨拶を交わしてから、食器棚の引き出しから三人分のお箸を取り出しつつ、茜はおばあちゃんに尋ねた。

「ねえ、さっき、私の部屋のドア、ノックもなしに開けたでしょ」

「ドア？　開けてなんかないわよ」

「じゃあおじいちゃん？」

「そんなわけないでしょう。起きてからはすぐ散歩に出かけちゃったし、二階に上がった様子もなかったし」

ちゃんと一人で起きるから、心配して部屋を覗くのはやめてよね——という口から飛び出しかけていた不機嫌な台詞を、茜はすんでのところで呑み込んだ。

「でも……朝起きたら開いてたんだよ。もしかして、ドアノブが壊れたとか？」

「ああ、それなら心当たりがあるわ。茜ちゃん、夜中にトイレに起きたでしょう。その後部屋に戻ったときに、ドアを閉め忘れたんじゃないの」

「え、トイレ？　行ってないよ」

「明け方だったかしら、まだずいぶん暗い時間に、水を流す音と、階段を上っていく音が聞こえたわよ。そのときおじいちゃんは私の隣でいびきをかいてたから、茜ちゃんしかいないでしょう。記憶にないってことは、きっと寝ぼけてたのね」

「嘘ぉ、トイレになんて行ったら絶対に覚えてるよ。寝ぼけてたのはおばあちゃんじゃない？」

「いえいえ、茜ちゃんです。はっきり聞こえたもの。あんな時間に起きちゃって、今日は眠いんじゃない？　身体の具合は平気？」

おばあちゃんはそう決めつけると、冷蔵庫から牛乳を取り出してグラスに注ぎ始めた。茜は内心納得がいかないまま、おばあちゃんが作ってくれた目玉焼きを食べ、トーストを口に運んだ。だけど、散歩から帰ってきたおじいちゃんが、「ああ、俺も子どもの頃あったよ、隣に寝ている兄ちゃんの顔を寝ぼけて殴ってよ、怒った兄ちゃんに殴り返されて親が止めに入るほどの喧嘩になったってのに、朝になったら何も覚えてないんだよなぁ」などと肩を揺らしながら語るのを聞くうちに、やっぱり自分が忘れてしまっただけなのかなと考え直し始める。

それにしても、今朝は一向に眠気が取れなかった。このことも次第に、おばあちゃんの証言の裏付けのように思えてくる。

おかしなこともあるものだな、と一つため息をつき、茜は仕事に出かけるおじいちゃんの後に続いて玄関に向かった。見送りに出てきたおばあちゃんが、いつものように尋ねてくる。

「今日の帰りは何時？」

「六時くらいかな。学校は三時半までなんだけど、ほら、咲子さんの家に行く約束してるから」

「ああ」おばあちゃんが困り顔をする。「ボランティアをするのはいいことだけど、何も受験生がやらなくたって、ねぇ」

「夕飯前までならいいでしょ。中途半端な時間に帰ってきてもどうせ勉強には集中できないし、部活やってる子たちはまだ引退前の時期だし」

「まったく重美さんったら……」

おばあちゃんは顔をしかめたものの、無理に止めようとはしなかった。孫娘の教育には厳しいおばあちゃんだけれど、重美さんとも仲がいいだけに、茜の望みを無下にはできないようだ。

「咲子さんというのは、大変なご事情を抱えられている方なんでしょう。身体のことはもちろん、デリケートな話題について根掘り葉掘り訊いたりしないよう、重々気をつけるのよ」

「はーい、行ってきます」

重い身体を引きずるようにして家を出た。住宅街の中の道を歩いていくと、五分もかからずに大通りに突き当たる。そこを右へ曲がり、まっすぐ行った先に最寄りの駅があった。発車時刻の十五分前に家を出れば電車に乗り遅れることはない、くらいのちょうどいい距離だ。

レンガ調のタイルで舗装された広い歩道には、通勤鞄を提げたサラリーマンや、自分と同じように制服を着込んだ高校生が多く歩いていた。部活の朝練でもあるのか、駅とは反対方向へと疾走していくジャージ姿の中学生もよく見かける。

自分もあれくらい身軽な服装だったら、駅まで全速力で駆けたっていいのに、と思う。駅前に大きな交差点があるのだけれど、家から歩いていくと、あそこでどうしても赤信号につかまってしまうのだ。もっと手前にある歩行者信号とのタイミングの兼ね合いで、足止めを食らうのを回避できないようになっているらしい。しかも歩車分離式の信号で、待ち時間が長い。早歩きをしてもダメで、全力ダッシュならなんとか青信号が点滅している間に通り抜けられる、なんていうローカルすぎる豆知識が、駅から電車に乗って通学する生活を続けるうち、いつしか茜の頭の中にしっかりとインプットされていた。

都会というほどではないけれど、そこそこお店が充実している郊外の街――茜が暮らすこの土地は、そんな場所だった。

家の近くの大通り沿いには、有名チェーンのお洒落な一軒家カフェがあり、この季節には朝からテラス席で新聞を読んでいるおじいさんがいる。途中のコンビニは、サラリーマンや学生で賑わっている。例の赤信号が長い駅前の交差点まで歩いていくと、土日には店の前に列ができる人気のパン屋さんや、いつも色とりどりのフルーツタルトをショーケースに並べているケーキ屋さんが並んでいて、換気扇からいい匂いが漂ってくると、朝ご飯を食べた直後でも妙にお腹が空いてしまう。

高校などで地元の場所を訊かれて答えると、いいところだよね、と言われる。確かにそうなのだろうと思う。住みやすくて、雰囲気が明るくて、人が多すぎも少なすぎもしない街。

だけど——、と茜は毎朝のように、交差点の手前で信号が青になるのを待ちながら考える。自分があまりこの街に魅力を感じないのは、一年に一回、祖父母に連れられてレンガ調の綺麗な歩道に花束を手向けるイメージが、その習慣をやめた今になっても、強烈な印象を残したままだからなのかもしれない。

茜の通学路にこの駅前の交差点が含まれていることを、おばあちゃんはよく思っていないようだった。だからといって、わざわざ大通り以外の道を通るのは不便だ。結局、茜は高校に入学してから二年以上、割り切れない思いを抱えながらこの道を通い続けている。

電車に一時間揺られ、到着した駅からさらに十分ほど歩いたところに、茜の高校はあった。校門までの道で顔見知りの生徒を見かけると、おはよう、と挨拶をする。相手も大抵、朗らかに返してくれる。だけど横並びになって会話が始まることはほとんどない。学校に友達がまったくいないわけではないし、人間関係で目立ったトラブルを起こしたこともないけれど、その数少ない友達には全員、茜より仲のいい親友がいた。受け身で引っ込み思案な性格が災いして、小学生の頃も、中学生の頃も、学校での立ち位置は似たようなものだった。家に帰ってパソコンをいじったり読書をしたりする時間が、一番自分らしくいられた。

だから、放課後に人と会うのを楽しみにしているという状況そのものが、いつ以来のことなのかすぐには思い出せないほど久しぶりだ。

教室に入って席につく。受験生らしく真面目に英語の予習をしているうちに予鈴が鳴り、退屈な日常が幕を開ける。たちまち襲い来る強烈な睡魔と闘いながら、茜は一分一秒をやり過ごし、あの小ぢんまりとしたリビングで過ごす放課後を待ち望み続けた。

チューブを通じて空気が送り込まれる音が途切れた直後、プロになれるよ、という感嘆の響きを帯びた声が、茜の耳に飛び込んできた。

「そ、そ、そ、そんなわけないです。趣味でやってる人の中でも、私なんて下の下です」

「謙遜しすぎ」咲子さんが短く言い、機械が〝吸う〟動作をしている間に静かに微笑んだ。「あんまり、詳しくないけど——ゲーム音楽、みたいな——感じなのかな。聴けば聴くほど、細かい——ところまで、よく作ってるね。音が何重になってるのか——全然分からないや」

「一応、十二トラック重ねてはいるんですけど……」

「——十二！」

咲子さんが目を閉じ、左耳につけたイヤホンから流れ込む音に耳を傾ける。もう片方のイヤホンは、ベッド脇の丸椅子に腰かけている茜の右耳に繋がっていた。自分がパソコンで一つ一つの音を組み合わせて作り上げた音楽を、こんなふうに目の前にいる人に聴かせるのは初めてで、さっきから頬が熱くてたまらない。

アップテンポな音の粒が、耳の表面で踊っている。おばあちゃんの教育方針でゲームにはあまり触れてこなかったから、特にゲーム音楽みたいなものを作ろうと意識したわけではなかったものの、言われてみれば確かに雰囲気が近いのかもしれない。クラシックの対極のような電子的な音色には好き嫌いがありそうなものだけれど、幸いにも咲子さんは気に入ってくれたようだった。

「バンドの音より――ずっと、厚みがあるね。こんなのが本当に、パソコン――一つで作れるの？　なんか――シンセサイザーとか、ミキサーとか――高そうな機材が、たくさん要るんだと」

「あったほうがいいんだとは思いますけどね。でも、お小遣いを貯めて買ったとしても宝の持ち腐れで、私には使いこなせないかなって」

「これ、ＣＤに焼ける？」

目を開けた咲子さんが、こちらに視線を向けてきた。「ＣＤ？」と茜は素っ頓狂な声を上げてしまう。

「ごめん、ＣＤって――古いか。でもうちのお母さん、機械音痴――でね、スマホもＭＰ３プレーヤーもなくて――だからいつもそこのラジカセで、ＣＤ――かけてもらってるの」

「あ、それもそうなんですけど、びっくりしたのはそこじゃなくて……私なんかが作った曲を、どうするつもりなんですか」

「どうするって」咲子さんが苦笑いする。「ここで、流すんだよ」

「へ？」

「そうしたら一日中――聴いてられるでしょ」

咲子さんの返答を聞くなり、茜は思わず両手で顔を覆った。

「ああっ、ごめんなさい！　気を使わせちゃいましたよね、わざわざスマホに音楽入れてきて、一方的に聴かせたりして。全部忘れてください、普段は私のポンコツ音楽なんかじゃなくて、咲子さんの好きなバンドの曲をかけてください、そっちのほうが何百倍、何千倍も聴く価値がありますから」

茜ちゃん、とカウンターキッチンから声がかかった。指の隙間から恐る恐る覗くと、多恵子さんが可笑しそうに口元を緩め、お鍋の中身を掻き混ぜる手を止めてこちらを見ている。

「咲子は、興味のあるものとないものがはっきりしてるから。興味のないものに対して、社交辞令でCDが欲しいなんて言ったりしないわよ。ただでさえ日中は暇を持て余してるてね、音楽は一番の癒しになるの。どうか咲子の言葉をそのまま受け止めてあげてくださいな」

困惑しながらベッドに視線を戻すと、咲子さんは頭を小さく縦に動かした。多恵子さんの言葉に同意しているのだと分かり、茜はいよいよ顔の火照りを隠せなくなる。

「でもやっぱり、プロが作ったものとは全然違うと思うんですけど……」

「作った人の顔が見えてる——音楽って、聴いてて何倍も——楽しいよ。今がそう。だから、茜ちゃんの——デビューアルバム、私にちょうだいね」

しばらく迷った末、分かりました、と茜は覚悟を決めて返事した。一昨日の訪問で咲子さんに初めて会ったときにも感じた、身体中が熱く共鳴するような感覚に再び襲われる。

自分が嬉しがっているのだ、と遅れて気づいた。咲子さんへの好意は、この三十分でさらに大きくなっていた。

つくづく、心の綺麗な人だ。「おはなしボランティア」に来ているのは茜のほうなのに、リクライニングベッドに座っている彼女とこうして言葉を交わしていると、たびたび立場が逆転してしまったかのような錯覚に陥(おちい)る。

作曲の趣味の話を堂々とできるのは、重美さんが先ほど帰ってしまったからだった。近くに住む五歳の孫が保育園で熱を出したと連絡(れんらく)があり、会社で働いている娘夫婦の代わりに急遽(きゅうきょ)お迎えにいかないといけなくなったのだという。咲子さんの顔だけ見て、「あとは茜ちゃんに任せたわよ。ばぁ〜い」と颯爽(さっそう)とリビングを出ていった重美さんを、茜はほっとした気持ちで見送った。熱を出したお孫さんには申し訳ないけれど、こと趣味の音楽に関しては、重美さんがいないほうが話題にしやすい。

「もっと胸を張っても、いいと思う――んだけどな、茜ちゃん」

「ダメですよ。私、何もかも中途半端なんです。作曲のクオリティもそうですけど、他のことだって。受験勉強は何のためにやってるのかよく分かんないし、部活も長続きしなかったし……」

「何のために、ってことは――今は、考えなくてもいいんじゃない？　私の英検もそうだけど――全力で取り組むって、それだけで――素敵なこと、だと思うし。何かをやってる、時間そのものを――大切にすればいいんだよ」

ゆっくりとしたアドバイスが、耳に優しく染みた。

同時に、こちらが愚痴を吐いてどうするのだとはっとする。咲子さんには、どこかそうさせる雰囲気があった。表情が穏やかで、いつもニコニコしているから、話しているうちに、全身を温かい布で包み込まれたような気分になってくるのだ。

とかいってね、と咲子さんがまた相好を崩す。

「高校生の頃は、私も――おんなじだったよ。部活は――行ったり行かなかったり。趣味も全然なかったし、アルバイトも――してなかったなぁ。毎日、何してたんだろ？　学校帰りに、カフェで友達と――何時間も、お喋りしてただけ。勉強くらいしとくんだったな――今思えばね」

どこの高校に通っていたのかと尋ねると、咲子さんは二つ隣の駅の名前を挙げた。そこから徒歩十五分ほどのところにある高校は、一軒家やアパートが立ち並ぶ住宅街のただなかにあり、近くにカフェと呼べるお店は一つしかなかったという。競合が全然いないから生き残っていられるような、おじいさんとおばあさんが夫婦でやってる小さなお店でさ、今もまだあるのかな――と遠い目をする咲子さんの表情には、青春の煌めきの名残が漂っていた。

茜と同じく無為な高校生活を送っていたと咲子さんは言うけれど、カフェで何時間もくだらない話をする親友がいたんだなぁ、と羨ましくなる。軽音楽部ではギターボーカルという花形のポジションを担っていたというし、どうしてそんな活動的な人が寝たきりの生活を余儀なくされて、自分のようなつまらない人間が外を自由に歩けているのだろう。

今の咲子さんは、親友と過ごしたカフェの椅子に座ることすらできない。そう考えたら、悔しさが抑えきれなくなった。思わず、咲子さんの首に繋がった太い管を見つめてしまう。

茜の視線の動きを、咲子さんはすぐに察知したようだった。

「初め、驚いたでしょ。喉に穴、開いてるのに——喋れるんだ、って」

そう言って、あー、とかすれた声を発してみせる。無遠慮な視線を浴びせていたことに気づき、茜は身を縮めて謝ったのち、恐る恐る答えた。

「確かに、ちょっと意外でした。そういう手術をすると、なんとなく、声が出せなくなっちゃうのかなって」

「自分がこうなる前は——私も、そう思ってた。でもね、気管切開ってね——」

気管切開した患者がどのように声を出すのかを、咲子さんは丁寧に教えてくれた。切るのは声帯より下の部分だから、喋る機能自体への影響はない。発声するためには空気が声帯を通らなければならないのだけれど、気管切開部だけでなくチューブの脇の気管からも空気は出入りするため、普通の人より弱い声なら、コツをつかめばすぐに出すことができるようになる。

デリケートな話題に踏み込まないように、というおばあちゃんの忠告を思い出し、ちょっと後悔した。だけどこちらから根掘り葉掘り尋ねているわけではなく、咲子さんが率先して喋っているのだから、一応、許容範囲だろう。

「そういえば、茜ちゃんは——私がなんでこういう身体になったか——もう、聞いてる？」

「十代の頃に事故に遭ったって……重美さんから」

「そう、交通事故。横断歩道を、渡ってるとき——にね、車に——」

「茜ちゃんごめんね、ちょっと洗濯物を取り込んでくるわね」

夕飯の支度をしていた多恵子さんが慌てた様子で言い、部屋を出ていった。階段を足早に上がっていく音と、二階でドアが閉まる音がする。

味噌汁の香りが漂うリビングに、小さなアラーム音が響いた。見ると、冷蔵庫の扉が半開きのままになっていた。何をあんなに急いでいたのだろう、と訝りながら冷蔵庫の扉を閉めてベッド脇に戻ってくると、咲子さんが「ごめんね」と気まずそうな顔をした。

「うちのお母さん――事故の、詳しい話になると、すぐに――泣いちゃうの。思い出すのが、つらいみたい。私のほうが、他人事なんだよね――『危ない』って思ったことも――病院で目を覚ました後のことも――記憶がぼやけて、いろいろ忘れてるから」

「あの……実は」

多恵子さんの気持ちが、すごく分かるような気がした。

すべてを受け止めてくれるような、咲子さんの雰囲気のせいだろうか。普段は努めて話題に出さないように、そして思い出さないようにしているあのことが、何の抵抗もなく口から滑り出してくる。

「私も昔、交通事故に遭って。両親を亡くしてるんです」

茜が小学一年生の頃のことだった。

十年前の二月下旬、金曜日の夜八時前。隣県に住む父方の祖父母のところへ泊まりにいこうと、家族三人の乗る軽自動車が最寄り駅の手前に差しかかり、交差点を右折しようとしたとき、事故は起きた。

相手の車を運転していたのは、免許を取ったばかりの十八歳の少年だったという。道が空いている時間帯で気の緩みがあったのか、一般道だというのに九十キロ近くのスピードを出していた。二台は交差点の真ん中でぶつかり、両親と茜が乗っていた軽自動車が撥ね飛ばされた。

車の前面が電柱にぶつかってひしゃげ、運転席と助手席に座っていた両親は亡き人となった。荷物を積み込む前から早々と車に乗り込んで待ちくたびれてしまい、事故が起きた頃には後部座席でぐっすり眠っていた茜は、小学生になっても体格が小さくジュニアシートに乗り続けていたことが幸いしてか、右脚を骨折しただけで一命をとりとめた。スピード違反をしていた相手の車の運転手と、同乗していた友人の少年二人も、同じく重軽傷を負った。

複数人が死傷した、大きな事故だった。

当時、あの駅前の交差点のそばの歩道には、たくさんの花が供えられたという。すぐ近くに住んでいた母方の祖父母に引き取られた茜も、何度も現場に足を運んだ。年を経るごとに、茜が両親を亡くした事故のことを思い出す地域の人は自然と少なくなっていって、十年が経過したのを機に、茜たち遺族も命日に花束を置くのをやめた。公共の場所に花を供えるというのはそもそも、地域の人々の理解と厚意があって成り立っていたことだった。

茜の話に耳を傾ける咲子さんの瞳が、次第に潤み始めていることには気づいていた。だけど語り終わった瞬間、彼女の両目から堰を切ったように涙があふれ、頬を伝い始めたのには驚いてしまった。同じ交通事故経験者として感情移入しながら聞いてくれていたのだろうけれど、それにしてもなんて心優しい人なのだろうと、改めて胸がじんとする。

「そう——だったんだ」

咲子さんが鼻を啜り上げた。彼女の鼻の下が濡れているのを見て、首から下が動かないため自力では拭えないのだと気づく。サイドテーブルに置いてあったティッシュを一枚取り、咲子さんの目と鼻の下に軽くティッシュを当てると、「ありがとう」と咲子さんは放心したように呟いた。

「茜ちゃんも——だったんだね。私の事故は、今の茜ちゃん——と同じ、高校三年生のとき。十二年前に、なるのかな。高校が高台に建ってて、住宅街の中の坂道を——下ったところに、小さな交差点があってね。道を渡ってたら、車に撥ねられたの。学校の帰りだった」

茜は十年前に、駅前の交差点で。

咲子さんはそのわずか二年前に、ここからたった二駅しか離れていない出身高校の近くで。

一昨日ここで出会ったときから、咲子さんという存在に直感的に惹かれてはいたけれど、やはり不思議な縁を感じずにはいられなかった。交通事故というのは、その一つ一つが大きなニュースにならないだけで、身の回りでたくさん起こっているものなのだという実感がわいてくる。

——こっちの車の過失、ねぇ……そればっかりはどうにもならないからねぇ。

——これ以上、相手方に無理な請求もできないし、俺たちが踏ん張るしかないな。

小学生の頃、夜中にふと目を覚ましたとき、階下から聞こえてきた祖父母の声が耳に蘇る。

茜の母の両親である彼らは、娘夫婦亡き後、生き残った茜を育てるため、長年つましい暮らしを続けてきた。おじいちゃんは今も、介護タクシーのドライバーとして働いている。年金だけでは、茜を大学に行かせられないのだ。それならいっそ進学せずに就職を、と考えたことは何度もあるけれど、「申し訳ないと思う必要はないからね」という二人の言葉に背中を押され、今は受験勉強に励(はげ)んでいる。

　祖父母が七十歳を超えても働き続けていること、また車を運転していた茜の父の過失についての会話をしていたことからして、事故後に十分な額(がく)の慰謝料(いしゃりょう)は得られなかったようだった。そのあたりのことを、茜はよく知らされていないし、保険についてもほとんど知識がない。いくらこちらが右折車だったからといって、あんな駅前の道でスピード違反をしていた相手の少年のほうが悪いに決まっていると思ってしまうのだけれど、どうも世の中の常識は、茜の感覚とかけ離れているらしかった。

　咲子さんや多恵子さんだって、きっと同じだ。事故に遭ったときも、その後も、きっと理不尽な思いをたくさんしたのだろう。

　そんなことを考えた瞬間、咲子さんとの心の結びつきが、これまで以上に強くなったような気がした。また一枚ティッシュを取り、ベッドの上に前のめりになって咲子さんの涙を拭く。

「つらい話は――これくらいに、しとこうか。お母さんも、二階から下りて――こられなくなってるみたいだし。呼んでもらえるかな？　私が、柚子茶を――ほしがってるって言って」

　その言葉に慌てて頷き、茜はリビングを出て多恵子さんの名を呼んだ。ベランダにでも出ていたのか、三回目の呼びかけで、ようやく多恵子さんが二階の部屋から姿を現した。はーい、柚子茶ね、柚子茶、と歌うように言いながら、せわしないスリッパの音とともに階段を下りてくる。

　ボランティアは長居厳禁という重美さんの言いつけを思い出して、柚子茶を断ってお暇(いとま)しようとしたのだけれど、「あとちょっとだけ」と咲子さんに引き止められてしまった。残りの時間は、ぬるいホット柚子茶を飲みながら、流行(はや)りの曲を歌って過ごした。人工呼吸器をつけている咲子さんは、気管を通る空気が少ないせいで音程を取るのが難しいものの、茜の隣で口パクをしていれば自分もできている気分になって最高だと、満面の笑みで喜んでくれた。オルガンの演奏技術は昔クラスメートにバカにされたけれど、少なくとも歌は下手くそではないみたいだと、ほんの少し自信がつく。

　そろそろ夕飯という時間になって、茜は後ろ髪を引かれつつ厚浦家を後にした。上唇と下唇を二回触れ合わせた咲子さんが、「あ、歌詞はゆっくり――考えておくね」と付け加えてくれたことが、これから始まる長い付き合いを示唆(しさ)しているようで、帰り道に思わず一人でにやけてしまう。

　授業が六時間あるときは無理かもしれないけど、五時間の日は必ず、咲子さんのところに通おう――そう心に決めると、五月の夕方の心地よい風に乗って、昨晩の睡眠不足が綺麗さっぱり吹き飛んでいった。

受験勉強を終えたその夜、眠りにつく直前に、珍しく、短い夢を見た。
誰もいない深夜の住宅街を、パジャマ姿で散歩している夢だった。

＊

十年前のあの日以来、夜が怖くなった。

正確には、夜、眠りにつくのが恐ろしい。周りの空気を引き裂くような衝撃を受けたその瞬間、小学一年生だった茜は深い眠りの中にいた。夢から醒めやらないうちに、突如右脚に強い圧力がかかって耐えがたい激痛が走り、わけも分からないまま、つぶれてしまった前の座席に向かって泣き叫び続けた。フロントガラスがあったはずのところから、二月の夜の冷気が忍び込んできた。暗く狭苦しい車内に、救急車やパトカーの赤い光が差し込んできたとき、一向に返事をしない両親がすでに息絶えていることを、幼心に察した。

車の後部座席で眠りにつく前、両親と交わした最後の会話がどんなものだったか、茜は覚えていない。かろうじて理解したのは、自分が寝ている間に、世界で一番好きな男性と、一番好きな女性を同時に失ったということだった。その事実に打ちのめされた日から、睡眠という行為自体に、強い恐怖を覚えるようになった。

事故の直後は毎晩、絶対に寝たくないと何時間もぐずった。眠りについた後も、夜中にふと目を覚ましてはパニックに陥って大泣きしたため、茜を引き取った祖父母も気が気ではなかったらしい。しかし一か月が経つ頃には、憑き物が落ちたように朝まで眠るようになった。布団にくるまる茜の安らかな寝顔を見て、祖父母は夜な夜な胸を撫で下ろしたという。

ただ、すべてが元に戻ったわけではなかった。未だに寝つきが悪いのは、その後遺症だ。いったん眠ってしまえば朝まで目を覚ますことはなく、パニックに陥るほど感情が昂ることもないのが救いだけれど、微睡みかけるたびにはっと目を開け、ここが安全な自室のベッドであることを確認してしまう。しかも最近は、受験のプレッシャーが重なってか、眠りにつくハードルがさらに上がっているようだった。

今朝も、信じられないほど、身体が重たい。

カーテン全開の窓から差し込む朝の光が眩しく、茜は掛け布団を頭の上まで引き上げた。深夜一時頃に眠りに落ちてからは、今の今まで夢も見ずにぐっすり寝ていたはずなのに、徹夜で定期テスト対策をしたときのような疲労感が全身を蝕んでいる。

このところ、毎朝そうだった。以前から起きるのは苦手だったけれど、ゴールデンウィークが終わって少し経った頃からか、急激に日中の眠気が増した。学校にいるときだけでなく、一日か二日おきに咲子さんちを訪ねて「おはなし」する間にも、頻繁に欠伸を嚙み殺さなければならないほどだ。夕飯後の受験勉強にも当然集中できず、シャーペンを持ったまま舟を漕いでしまう。

睡眠が前より浅くなっているのかもしれない、と布団の中でまぶたを閉じたまま考えた。身体の不調が日に日にひどくなるのは、きっとそのせいだ。

階段を上ってくるスリッパの音が聞こえる。遠慮がちにドアがノックされ、「入ってもい？」というおばあちゃんの声がした。茜はなけなしの気力を振り絞り、身体をよじって上半身をベッドから浮かせる。

「大丈夫だよ……自分で起きられるから。ほら、もう起きたし」

「そういうことじゃなくて、ね」

ドアの向こうから聞こえるおばあちゃんの声色は、なぜだか不安げな響きを帯びていた。

「なあに？」と呼びかけると、ドアが細く開き、おばあちゃんが顔を出す。

「茜ちゃん……夜中に、外に出たでしょう」

「外？　出るわけないじゃん、ずっと寝てたもん。なんで？」

「先週からね、おかしいとは思ってたのよ。一階の部屋で寝ていると、二階で茜ちゃんが歩き回ってるような音がしょっちゅう聞こえてくるから。深夜二時とか、三時の話よ」

頭にかかった靄を振り払おうとしつつ、おばあちゃんは何を言っているのだろう、と首をひねる。いくら寝つきが悪いとはいっても、大抵十一時頃には布団に潜り込むから、日付が変わる頃か、遅くとも午前一時までには眠りについているはずだ。そんな時間に、ベッドを出て歩き回るはずがない。

そう伝えようとしたけれど、こちらに近づいてきたおばあちゃんがあまりに真剣な顔をしているのに気づき、戸惑っているうちに先を越されてしまった。

「三日前の夜だったかしら、階段を下りてくる音がするのを聞きつけて、様子を見にいったのよね。すると茜ちゃんが、玄関で靴を履こうとしていた」

「……え？」

「びっくりして声をかけたのよ、『こんな時間にどこに行くつもり』って。そしたら茜ちゃんは気まずそうに俯いて、『ごめんなさい、寝ます、おやすみなさい』って階段を駆け上がっていっちゃった」

茜の顔を覗き込んできたおばあちゃんが、「ああ、やっぱり覚えてないのね」と困ったように言った。

覚えていないも何も、まるで自分ではない誰かのことのようだ。ごめんなさい、寝ます、おやすみなさい——？　茜は普段、おばあちゃんにもおじいちゃんにも敬語を使わない。

「先週、夜中にトイレに起きたことを忘れてたこともあったでしょう？　やっぱり変だなと思って、おじいちゃんにも相談しつつ、様子を見てたのよ。そしたら今日の朝方、四時前くらいだったかしら、玄関のドアがそっと開く音がするじゃない。慌てて駆けつけたらね、普段着姿の茜ちゃんが、外から帰ってきたところだった」

思わず下を向き、自分の服装を確かめる。就寝したときと同じ、薄ピンク色の無地のパジャマを身につけていた。

なんだ、と笑ってしまいそうになる。変なのはこちらじゃなく、おばあちゃんのほうだ。

「もう、おかしなこと言わないでよ。私、ちゃんとパジャマ着てるじゃん。おばあちゃんが夢と現実をごっちゃにしてるんじゃない？」

「玄関で靴を脱いだ後、茜ちゃんは黙ったまま階段を上っていって、その後も部屋から物音がしてたから……きっと、自分で元通りに着替えたんでしょうね」

「ちょっとさぁ」一歩も引こうとしないおばあちゃんの態度に、さすがにむっとする。「普段着に着替えて、外に出て、帰ってきて、またパジャマに着替えて――それを私が全部忘れたっていうの？　おじいちゃんみたいに酔っ払って記憶を失くしたわけでもあるまいし、冗談もいい加減にしてよ」

「二階から足音がするっていうのは、おじいちゃんも言ってたわよ。それにね、世の中には、寝ている間に無意識のうちに歩き回ってしまうような病気も存在するの。夢遊病っていって、子どもに多いみたいなんだけどね」

「夢遊病？　そんなんじゃないってば。私、そろそろ成人だし。学校遅刻しちゃうから、この話、後にしてもらってもいい？」

そう言い放つと、おばあちゃんは何か言いたげに茜をじっと見つめた後、部屋を出て階段を下りていった。

起き抜けで体調が悪かったこともあって、不機嫌な物言いになってしまったことを反省する。だけど、朝からあんな妄想めいたことを語りだすなんて、おばあちゃんの頭が心配だ。

認知症の始まり、とかだったらどうしよう。今までに気になる症状はなかったけれど、七十二歳という年齢を考えると、その可能性も十分にありそうだ。

睡魔が去っていかないのも相まって、ひどく憂鬱な気分になりながら、茜はクローゼットの扉を開けて着替えを始めた。

　ハンガーパイプにかけた制服を取ろうとして、手を止める。

　三段重ねの衣装ケースの上に、白い長袖Tシャツと紺色のスキニージーンズが、無造作に丸めて置かれていた。中学生の頃に、おばあちゃんがどこかで買ってきてくれた服だ。あの頃と身長はほとんど変わっていないから、今もまだサイズは合うのだけれど、以前より身体のラインが目立つようになった気がして、高校生になってからは一度も着ていない。それなのに、どうしてこんなところに脱ぎ捨てられているのだろう。

　急に怖くなり、長袖Tシャツとジーンズを衣装ケースの上の段に突っ込んだ。慌てて制服に着替え、学習机の上に広げっぱなしになっていた英語の教科書とノートを通学用のリュックに入れる。その拍子に机に転がったピンク色のシャーペンも筆箱に入れて、逃げるように部屋を飛び出した。

　朝ご飯を食べている間、おじいちゃんとおばあちゃんの不安げな視線を気にしないようにするのに苦労した。そのせいか、いつもより早く食べ終わり、これから出勤するおじいちゃんより先に家を出た。駅まで十五分歩き、電車に一時間揺られ、さらに十分歩いて高校に辿りつく。

　一時間目は英語の授業だった。面倒な予習は、昨夜寝る前に終えてあった。新出英単語の意味を調べて書いたページを開き、日直が号令をかけるのを待っていると、ページの隅に見覚えのない落書きがあるのに気がついた。

　自分の筆跡、ではない。

書きかけのようにも見える中途半端な丸い文字を、茜は椅子に腰かけたまま身じろぎもせず、長いあいだ凝視していた。

鈴木さん、鈴木茜さん、と先生に苛立った調子で呼ばれ、我に返った。いつの間にか、英語の授業が始まっていたようだった。当てられた単語がどれなのか訊き返し、先生の呆れた声を聞きながら意味を読み上げ、またノートへと視線を戻す。

『わたしは、サキ』――この落書きは、何？


赤みがかった西日の差し込むリビングに入り、真っ先に介護用ベッドを覗き込むと、わずかに首をこちらに向けた咲子さんが、ぱっと表情を明るくした。

「茜ちゃん――毎日、本当にありがとう」

「あ、昨日は来られなかったですけどね。五時間授業の日と、休日だけなんです、こうやって時間が取れるの。毎日お邪魔したいのは山々なんですけど……」

そうだったっけ、と咲子さんは恥ずかしそうに笑った。ずっとベッドの上で過ごしていると、日にちの感覚が分からなくなってしまうのだという。重美さんや茜が行っている「おはなしボランティア」は、看護師さんやヘルパーさんの訪問同様、時間の区切りを意識できる貴重な機会になっているらしい。

ゴールデンウィークが明けた先週月曜日から通い始めたばかりとは思えないくらい、茜は咲子さんとすっかり打ち解けていた。

ここに来るのは、もう五回目になる。ちょうど一週間前の水曜日に、重美さん抜きで咲子さんと「おはなし」をしてからは、毎回一人で訪問するようになっていた。二人で行ったって若い茜ちゃんにお株を奪われちゃうからねぇ、多恵子さんともお話しして、咲子ちゃんのことはしばらく茜ちゃんに任せることにしたわよ——あのあと茜の家を訪ねてきた重美さんに、玄関先でそう言われ、強い力で背中を叩かれたのだ。

　高校生には荷が重くないかしら、と困った顔をしていたのはおばあちゃんだけで、茜は内心喜びの気持ちでいっぱいだった。多恵子さんから許可が出たということは、娘の咲子さんの話し相手として、それだけ信頼してもらえているということだ。それが何より、誇らしかった。

　折り畳み式の丸椅子に座ろうとして、棚の上のCDラジカセから聞こえてくるのが、他ならぬ茜の作ったインスト曲であることに気づく。赤面しながら手を振り回すと、カウンターキッチンの向こうで飲み物を用意している多恵子さんが、何事かと目を丸くした。

「あの、これ、やめましょう。今すぐ止めましょう」

「どうして？　せっかく作ってくれた——素敵な、アルバムなのに」

「じゃあ……せめて私がいるときは、ちょっとストップで。お願いします。恥ずかしくて、どうにもならなくなるんです」

　そう懇願すると、咲子さんは可笑しそうに目を細めて頷き、「お母さん、止めてくれる？」と視界に入らない位置にいる多恵子さんに向かって呼びかけた。「あ、私がやります」と茜がラジカセの停止ボタンを押すと、ピンクと水色のマグカップを両手に持った多恵子さんが近づいてきて、咲子さんとよく似た表情で微笑んだ。

「私も咲子と一緒にずっと聴いてるけど、よくできてるわねぇ。レコード会社に応募しないの？　ここでしか流さないなんて、もったいないじゃないの」

「持ち上げるのはやめてください、本当に大したことないんです……」

縮こまる茜の前に、マグカップが置かれる。こうして訪問したときに、咲子さんお気に入りのホット柚子茶をストローで飲ませるのは、茜の役目になっていた。とろみのついた液体が、すぼめた唇の向こうへと吸い込まれていく。

自作の曲を一つの「アルバム」にまとめるのには、おばあちゃんに知られたら怒られそうなほどの時間を使った。本来なら受験勉強をしなければならない夕飯後の時間に、ああでもないこうでもないと、頭をひねって曲順を考えた。茜が使っているノートパソコンの型が古く、CDドライブが元からついていたことや、咲子さんの家に余っていた書き込み用のCDをもらえたことにも助けられ、リクエストどおりの自意識過剰なプレゼントが無事に完成した。

咲子さんは本当に、茜が作った曲を一日中聴いてくれているらしい。一昨日の月曜日にここへ来たとき、多恵子さんがそう言っていた。突き抜けた個性があるわけでもない、どこかで耳にしたようなメロディやコード進行に大した魅力があるとは思えないけれど、ベッドの上で過ごす時間を賑やかな音で少しでも〝埋める〟ことができているのなら、時間をかけてアルバムを作った甲斐もあったというものだ。

「茜ちゃん、今日もゆっくりしていってね。咲子の介助、お任せしちゃって悪いんだけど、ちょっと庭を見てきてもいいかしら?」

もちろんです、と茜が首を縦に振ると、多恵子さんはベージュ色のエプロンを深緑のものへと付け替えて、勝手口から庭に出ていった。植木鉢や花壇の手入れをするつもりのようだ。網戸の向こうに、地面に屈み込む多恵子さんの後ろ姿が見える。リビングを出ていったのは、きっと〝同世代〟の咲子さんと茜を二人きりにするための配慮なのだろう。

夕暮れの風に、赤や黄色の花々がそよいでいた。たくさんある植木鉢が小さな庭の左半分に集められているのは、常にベッドの上にいる咲子さんの視界に入れるために違いない。

「お花、綺麗ですよね。多恵子さんの趣味なんですか。それとも……」

「お母さんだよ。うち、二人暮らし。お父さんは――一緒に住んでないの」

茜の思考を読み取ったかのように、咲子さんが軽い口調で答えた。

男性の気配がない家だ、とは常々感じていた。脇にまとめられているカーテンは淡いピンク色で、テーブルクロスやキッチン家電も同系色でそろえられている。茜が夕方まで居座っていても、多恵子さんが夫の帰宅時間を気にする様子もない。だからなんとなく察してはいたけれど、咲子さんの言葉には複雑な事情が垣間見えて、申し訳ない気持ちになった。それ以上の説明がないことからして、単身赴任などの理由ではなさそうだ。

別居か、離婚か。茜の場合は死別だから事情が異なるけれど、咲子さんとの共通点がまた一つ増え、距離が近くなったような心地がする。

「女同士だから、こういう色のインテリアにできるんですね」

「いいでしょ。茜ちゃんも――ピンクは好き、だよね」

「あ……はい。自分の好きなように物を買うと、ついピンク系が多くなっちゃいますね。でもうちは築五十年近くの、いかにもおばあちゃんちって感じの古い家なので、いくらカーテンや布団カバーを可愛くしたってこういう雰囲気にはならなくて。こんなおうちに住める咲子さんのことが、すごく羨ましいです」

――わたしは、サキ

今日英語のノートに見つけた落書きの文字が、ふと脳裏をよぎった。

サキ――咲子さん。厚浦咲子さん。彼女のほかに、サキと名のつく人に心当たりはない。先週の頭に初めて出会った、十二歳年上の、茜の新しい友達。

「不思議だなぁ」

ベッドの上の咲子さんが、柔らかい目で窓際のカーテンを見やった。

「茜ちゃんに、羨ましいって――言ってもらえるなんて。私は茜ちゃんが、羨ましいよ。夢が広がるもん」

「夢、ですか」

「音楽も、勉強も――やれることが、いろいろあって。可能性の芽を、あちこちに蒔いて――一生懸命、育ててる感じ。十代の頃って、私もそうだった。今は、手が動かないから無理だけど――またやりたかったな。ギターの演奏も――勉強も、あとはドレス作りも」

手が動かないから無理、という咲子さんの言葉に、胸が刺すように痛んだ。ここにいる間はあえて意識しないようにしていたけれど、彼女がいくら望んでも、麻痺してしまった身体が元に戻ることはないのだ。

傷つけないように返答するにはどうすればいいだろう。必死に頭を回転させるうち、たった今咲子さんが意外な言葉を口にしていたことに、ワンテンポ遅れて気がついた。

「あの……ドレス作りって？」

茜が目を瞬(またた)いて尋ねると、ああ、と咲子さんが口を半開きにした。

「ウェディングドレス。一度ね、作ったことがあるの。高校二年生のとき」

「え、家で？　それとも家庭科の授業で？」

「高校の家庭科で――ドレスは、作らないよ」と咲子さんが笑う。「家で、一人で。大変だったけど――なんとか完成させたよ」

「すごい！　咲子さん、ギターといい歌といい、多趣味だったんですね」

「本当は、音楽が――一番、好きだったんだ。でも――仕事には、できそうにないから。それなら将来は、ウェディングドレスを――作る人になりたいって、突然――思い立ったんだ。ほら、ここの近所に――学校が、あるでしょう」

「あ、大通りにある、ブライダル専門学校ですか？　私、すぐ近所に住んでます。前を歩くと、ガラスの向こうに綺麗なドレスがいくつも飾ってあって、すごく華やかですよね」

「そこ、そこ」咲子さんは心なしか嬉しそうに眉を上げた。「本当は、高校を卒業したら――あの専門学校に、通いたかったの。デザインの、勉強して――手に職つけたくて。女の人を、人生で一番——輝かせられる仕事だって、そう——思ったんだよね」

「それで、自宅で予行演習を？」

「向き不向きは——やってみなくちゃ、分からないから」

「一人で完成させたなんて、すごいですね」

「部屋が、布で埋もれて——ものすごく、大変だったけどね」

　咲子さんが大げさに顔をしかめてみせる。目を見合わせ、二人して笑った。

　向き不向きはやってみなくちゃ分からない、という言葉が胸に響く。事故に遭う前の咲子さんは努力と行動力の人だったのだなと、改めて考えると切なくなった。もし希望どおりに専門学校に進学できていたら、今頃はウェディングドレスのデザイナーとして、ブライダル業界で大活躍していたのかもしれない。

　このあと家に帰ったら、彼女の分まで頑張って勉強しよう。受験の先にある目標まではまだ見えなくても、とりあえずやり続けてみよう——咲子さんと話していると、そんな前向きな気持ちが、自分でも驚くほど自然に、身体の奥底からわき上がってくる。

　その後はまた、一緒に流行りの曲を歌った。「おはなし」後のカラオケタイムは、もはや恒例になっていた。ほとんど口パクとはいえ、唇をずっと動かし続けていると疲れてしまうようで、咲子さんは途中から口を閉じ、茜の歌声にじっと耳を傾けていた。一人で歌うのは恥ずかしかったけれど、咲子さんが気持ちよさそうに目をつむっている姿を見ると、もっと喜ばせてあげたい、自分が持てるものは全部与えてあげたいという気になってくる。

「柚子茶、もっと飲みますか」

「うん、ありがとう」

ひとしきり歌い終えたところで、茜は水色のマグカップを咲子さんの口元に差し出した。彼女が飲み終えるのを待った後、今度はピンク色のマグカップを取り、すっかり冷めている柚子茶を自分の喉に流し込んでから、サイドテーブルに置いた。

網戸から、庭を歩く多恵子さんの足音が漏れ聞こえてくる。もう五時だから、そろそろ夕飯の支度をしに戻ってくる頃だろう。

何か大事なことが、頭の片隅に引っかかっているような気がした。

サイドテーブルの上の、厚みのある可愛らしいマグカップを、じっと見つめる。

――茜ちゃんも、ピンクは好き、だよね。

先ほど、部屋のインテリアについて話していたとき、咲子さんはそう言った。

咲子さんの指摘（してき）は合っていた。茜の持ち物は、淡いピンク色のものが多い。パジャマは無地の薄ピンクだし、勉強に使っているシャーペンも光沢のあるピンクだ。中学以前は寒色系の色目のものを好んでいたのだけれど、高校に入ってからは私服の系統も変わり、パステルカラーのピンクと白を合わせることが多くなった。

どうして好みが百八十度変わったのか、原因はうすうす分かっている。ピンクとは、それまでファッションに興味のなかった女子が急にお洒落になりたいと願ったとき、その希望を最も手っ取り早く叶（かな）えてくれる色なのだ。

でも――咲子さんは、どうやってそれを知ったのだろう。

今日を含む五回の訪問のうち、ここに私服を着てきたのは、学校が休みだった先週土曜だけだ。そのときは、年上の咲子さんに少しでも近づきたいと背伸びをして、一着だけ持っている紺色のワンピースを身につけた。徒歩十分の外出だから、バッグなどは持たず、手ぶらだった。

その日以外は、毎回制服だ。ゴールデンウィークが明けてからは暑いから、ブレザーの下にピンク色のカーディガンを着ているわけでもない。胸のリボンは学校指定の深緑色だ。通学用のリュックも校則に従って黒にしている。筆箱を開けてシャーペンを取り出したこともないし、ましてや茜の自室にあるパジャマや布団カバーの色など、あの時点で咲子さんが知る由もない。

強いて言えば、柚子茶のマグカップは毎回、ピンク色のものを使っている。だけどこれは多恵子さんが用意したものだから、茜がその色を好きという証拠にはならない。共通の知り合いである重美さんの口から伝わったという可能性もないだろう。ファッションに無頓着な彼女が茜の色の好みを把握しているとは思い難いし、第一、茜をボランティアにスカウトした日以降、重美さんはこの家を単身で訪れていない。

だったら、どうして咲子さんはあんな発言をしたのか。

質問ならともかく――迷いのない断定口調で。

最近、身の回りで起きている異変が、次々と頭に浮かんでは消えた。「おはなしボランティア」の活動を始めて間もなく、日中強い睡魔に襲われるようになり、その度合いが日ごとに激しくなっていること。夜中にトイレに起き出したり、二階を歩き回ったり、家の外にまで出かけたりしているようだと、おばあちゃんに心配されたこと。その記憶が、当の茜には一切残っていないこと。最近着ていないはずの服が衣装ケースの上に置かれていたこと。学習机の上に広げておいた英語のノートに、『わたしは、サキ』という謎の文字が、いつの間にか記されていたこと。

先週の月曜、初めて「おはなしボランティア」にやってきた日の帰り道、茜は澄み渡る五月の青空を見て、介護用ベッドから動けない咲子さんに思いを馳せた。

今、空を見上げているこの瞬間だけでも、入れ替わってあげられたらいいのに――、と。

とめどない思考が頭の中を巡っている。リクライニングベッドに身体をもたせかけている咲子さんに「どうしたの？」と尋ねられ、茜は慌てて表情を取り繕った。

まさか、そんなことがあるわけない。どう考えたってありえない。私ったら、いったい何を考えているんだろう――。

それから一晩が経った、まだ薄暗い早朝のことだった。

おじいちゃんとおばあちゃんが自分の名を必死に呼ぶ声で、茜は目を覚ました。

肩を前後に揺さぶられている。続いて手を強く握られる。白い長袖Tシャツに、紺色のスキニージーンズという格好で、自分が家の玄関先に立っていることに気づく。

頭にかかっていた靄が晴れ、状況を把握した瞬間――茜は、長い悲鳴を上げた。

＊

夢遊病じゃないかと思うんです、と傍らの椅子に座るおばあちゃんが語気を強めると、机の向こうに座る四十代くらいの女性医師は、わずかに眉を寄せて首を傾げた。

「夢中遊行――ああ、夢遊病の正式名称です――も、ありえないわけではありません。一般的には小さな子どもの病気で、思春期までに治るケースが多いのですが、成人してから発症するケースもありますので」

「でも」と茜は両手を膝の上にそろえたまま、思わず口を挟んでしまう。「それって、眠ったまま歩き回っている、ってことですよね？　ベッドから起き上がって家の中をうろうろするくらいなら分かりますけど、さすがにパジャマを着替えたり、玄関の鍵を開けて外に出たりするのは……」

「大いにありうることですよ。夢中遊行の患者さんの中には、眠ったまま冷蔵庫を開けて食事や料理をする、芸術的な絵を描く、あとは車の運転をしてしまうなど、いろいろな方がいらっしゃいますから。日常生活で抑えつけている欲求が引き金になるケースが多いですね。過度なダイエットを行った結果、睡眠中に大量に食べてしまうようになる、など」

女性医師のそつのない返答に、茜はびっくりしてしまった。それなら、おばあちゃんの予想が当たっていたということになるのだろうか。

茜が納得していないことを察したのか、医師は夢遊病の仕組みを簡単に解説してくれた。寝ている間は、人の意思決定や感情のコントロールなどを担う、脳の司令塔とも言うべき前頭前野の働きが低下する。その状態で他の脳機能だけが活動を始めると、本人の意識が介在することなく、何らかの行動だけが表出する場合がある。

「そういうのって……よくあることなんですか」

「よくある、と言い切る根拠はありませんが、着替えて歩き回るくらいであれば、極端に珍しいことではないですね。起きているときだって、着替えや歩行の動作一つ一つを、どのようにすればいいか考えながら行っているわけではないでしょう？　夢中遊行中にそうした行動が表れるのも、特に不自然ではないかと」

今日初めて会ったばかりの女性医師は、とても頭がよさそうな人だけれど、終始淡々と、圧迫感のある話し方をした。表情の動きが少なく、話の合間に笑みを浮かべることもない。当日予約の空きがある心療内科を慌てておじいちゃんとおばあちゃんが探したからか、どうもハズレのお医者さんに当たってしまったようだった。

何か発言すると、即座に否定されてしまいそうな気がして、怖くて黙り込んでしまう。するとおばあちゃんが身を乗り出し、茜が小学生の頃から寝つきが悪く睡眠に問題を抱えていたことを説明した。その原因となった交通事故の件も、たびたび横を向いて茜の顔色を窺うようにしながら、手短に伝える。

「この子が夢遊病になったのは、そのせいでしょうか。あとは受験勉強のストレスくらいしか、思い当たることが……」

「いえ、まだ夢中遊行と診断したわけではありませんよ」

これまでのやりとりをひっくり返すかのような女性医師の発言に、おばあちゃんと茜は思わず顔を見合わせた。医師は相変わらず無表情で、つまらなそうに言葉を続ける。

「レム睡眠とノンレム睡眠という言葉はご存じですか。レム睡眠は浅い眠りで、ノンレム睡眠は深い眠りです。人間は眠り始めるとまず深いノンレム睡眠に入り、その後はレム睡眠とノンレム睡眠を交互に繰り返しながら、徐々にレム睡眠の割合が多くなっていって、最終的に覚醒に至ります。夢中遊行というのは、寝入って間もない頃、深いノンレム睡眠の間に起こります。ですから通常は声をかけても反応しませんし、肩を叩くなどして覚醒させるのも困難です。お孫さんの場合は、周りの呼びかけにはっきりと答える様子が見られたんですよね？　また、歩き回っていたのも寝入りばなの深夜ではなく、早朝だったと」

「ああ、はい、そうです。私が驚いて話しかけると、『ごめんなさい』『おやすみなさい』と……」

「であれば、別の可能性も併せて検討したほうがよさそうですね。レム睡眠行動障害という、見ている夢のとおりに身体が動いてしまうような病気もありますし、もしくは健忘症の類いを疑ってもいいかもしれません。ただ、屋外にまで出るという行動範囲の広さと、記憶喪失が立て続けに複数回発生していることが気になりますので、例えば交通事故のトラウマなどにより解離性同一性障害、いわゆる多重人格を発症して、人格が入れ替わっていたために夜の間の記憶が抜け落ちている、というような可能性も視野に――」

女性医師が滔々と語るのを、茜は半分上の空で聞いていた。そんなわけがない、と苛立ちを覚える。もともと眠りが深くてめったに夢を見ない体質だから、夢の内容のとおりになんて行動しようがないし、ただでさえ普段から睡眠不足に悩まされているのに、深夜に自分の意思で外に出てそのことを忘れてしまうわけもない。十年前の交通事故のトラウマからだって、とっくに抜け出している。寝つきの悪さだけは後遺症として残ってしまっているけれど、だからといって、今さら唐突に精神病を発症する理由にはならない。

きっかけがあったとすれば、それは。

「人格が入れ替わる、なんて現象が普通に起きるなら……誰か別の人の魂が自分に乗り移っている、って可能性も考えられませんか？　例えば、友達とか、最近できた知り合いとか」

茜が相手の言葉を遮る形で尋ねると、女性医師は一瞬、虚を衝かれたような顔をした。

「そういった感覚があるのですか？　どなたかお知り合いの方に、身体を乗っ取られているような？」

「あ、そういうわけではなくて――」

「茜ちゃん、何おかしなこと言ってるの。すみません、忘れてください」

おばあちゃんが焦った口調で横から口を出し、女性医師に向かって頭を下げた。そこで初めて、「知人の魂に乗り移られているという妄想がある」ことを疑われていたのだと気がついた。

そうじゃない。やっぱり、自分の身に起こっていることは、心療内科などでは解決しないのだ。今日は学校を休んで病院にかかったほうがいいとおじいちゃんとおばあちゃんに説得され、二人の真剣な言葉に流されるようにしてこんなところにやってきたのだけれど、結局夢遊病でも何でもないのなら、あのとき胸をよぎった直感を信じて断っておくべきだった。

玄関に立っている状態で意識を取り戻した今朝、茜は一瞬だけ、奇妙な感覚に襲われた。それまで自分の身体を支配していた何かが、慌てて外に逃げ出していったような。直前まで誰かが座っていた、まだ温もりの残る椅子に、偶然腰かけてしまったような。

その温もりは、決して不快ではなかった。むしろ、茜に安らぎを抱かせるような性質のものだった。状況を呑み込めずに悲鳴を上げて取り乱したにもかかわらず、すぐに落ち着いて夜中に徘徊していた事実を受け入れ、祖父母と病院受診についての話し合いができたのはそのおかげだ。その後、茜はおばあちゃんが用意してくれたホットココアを居間で飲みながら、先ほど身を翻してどこかに走り去っていった、胸に残る温もりの主について考え続けた。

心当たりは、やっぱり一人しかいない。

茜の代わり映えのしない毎日に、ごく最近滑り込んできた人。会うと無条件に心地よい安らぎを与えてくれる人。知るはずのない茜の色の好みを把握していた人。深夜に服を着替えて近所を散歩するというだけの行為を繰り返し、それを心の底から喜ぶ理由がありそうな人。

わたしは――サキ。

夜、茜の身体を使って自由に動き回っているのは、咲子さんなのではないか？

心療内科クリニックを出た後、おばあちゃんは茜を連れて、近くの百円ショップに寄った。購入したのは、ポケットサイズの大学ノート一冊と、ストラップつきの鈴が二つだった。ノートは医師に指示されたとおり、夜中の徘徊が起きた時間や回数を記録する睡眠日誌として使うのだという。鈴は茜の部屋のドアと玄関のドアにそれぞれつけておき、鳴ったときにおじいちゃんやおばあちゃんがすぐに駆けつけられるようにするそうだ。脱走癖のあるペットにでもなってしまったような気分になり、おばあちゃんの顔がまともに見られなくなる。迷惑をかけている以上、仕方ないこととはいえ、なんだか情けない。

心療内科の予約は午前十一時だったため、家に帰るともう一時近くなっていた。おばあちゃんが手早く作ってくれたチャーハンを、居間のテーブルで一緒に食べた。茜の顔が眠そうに見えたのか、部屋で昼寝をしてきたらと心配そうに勧められたけれど、首を横に振って断った。ただでさえ寝つきが悪いのに、燦々と太陽が照っている昼間になど、いくら疲れていても眠れる気がしなかった。

「ねえ、茜ちゃん。お医者さんに訊いてたこと……あれはいったい何だったの？　友達に乗り移られてる、って」

茜の半分ほどのスピードでチャーハンを口に運んでいるおばあちゃんが、途中で言いにくそうに尋ねてきた。

「別に、なんとなく。夜、寝てる間に誰かが私の身体を使ってるんだとしたら、それは私じゃなくて、全然違う人、って可能性もあるんじゃないかなって思っただけ」

「怖いことを言わないでよ。まるでオカルトじゃないの」
「でも、一人の人間の中で、人格が入れ替わることはあるんでしょ」
「それは解離性……何だっけ、お医者さんがおっしゃってた実在の精神病のことね。でも魂の乗り移りなんてのは非科学的よ。一緒くたにして質問するなんて、おばあちゃん、ちょっと恥ずかしかったわ」

ごめんね、とその場では言い添えておいた。だけど、茜にはその二つの違いがよく分からない。ある人間の中に二人以上の人格が住むことができるのなら、ふとした拍子に他人の人格が紛れ込むことだってあってもおかしくないのではないか。茜にしてみれば、どちらも同じくらい不可思議で、容易には信じがたいことだ。

もし、夜中に自分の身体を乗っ取っているのが本当に咲子さんなのだとしたら、と想像する。たぶんその間、茜の魂は、介護用ベッドに寝ている咲子さんの身体に入っているのだろう。中身を丸々交換した状態だ。茜の魂も、咲子さんの身体も、真夜中には深い眠りについているから、その自覚も記憶もないだけで。

お昼ご飯を食べ終わった後は、自室に戻って受験勉強をすることにした。おばあちゃんに手渡された鈴を二階に持っていき、廊下側のドアノブにぶら下げると、自分で自分を監禁したような心地になった。本当は咲子さんのところに今すぐ飛んでいきたかったけれど、学校を休んだのにボランティアにだけ出かけるわけにはいかないし、そもそも厚浦家には昨日行ったばかりだ。大学の学費を一生懸命貯めてくれているおじいちゃんとおばあちゃんの手前、これ以上勉強をおろそかにするわけにはいかなかった。

第一志望は、県内にある国立大学だ。古文、数学、英語——参考書を開き、分からない問題を悩みながら解いていくうちに、午後の時間がゆっくりと過ぎていった。

晩ご飯は、仕事を終えて帰ってきたおじいちゃんと三人で食卓を囲んだ。女医さんはいろいろ言っていたけどやっぱり夢遊病の一種じゃないか、とおばあちゃんは自分の見立てをおじいちゃんに語っていた。茜は黙ったまま、直接問いかけられたことに対してだけ頷き、煮干し出汁の香りがするお吸い物をちびちびと飲んだ。

お風呂に入り、また勉強をする。睡眠不足で頭がぼやけているからか、昼間同様、あまり集中はできなかった。そしてまた、茜の苦手な就寝の時間が近づいてくる。

一つ心強いのは、今日、心療内科で睡眠薬を処方されたことだった。もともと寝つきが悪く十分な睡眠時間を確保できていないことが、結果として今回判明したさらなる睡眠障害を招いている可能性が拭えないとして、薬を出してもらえることになったのだ。これを飲めば、二時間も三時間もベッドの上で悶々と寝返りを打たずに済むに違いない。

一階の洗面所で歯磨きをしてから睡眠薬の錠剤を飲み、寝る支度をしていた祖父母におやすみの挨拶をして自室に戻った。電気を消そうとして、ふと思い立ち、学習机の前に座る。

『夜に出歩くもう一人の私へ　もし誰にも気づかれずに散歩に出たければ、部屋のドアをそっと開けて、外側のノブにかかっている鈴を外してください。玄関のドアの内側にも鈴がかけてあるので注意してください。あと階段は、手すりを使わずに踏み板の右端を歩くと、足音がだいぶ抑えられます。それと、あなたは誰ですか。咲子さんでしょうか。よかったら、誕生日と血液型を教えてください。』

ピンク色の付箋二枚にわたって走り書きし、ドアの内側の目立つところに貼った。深夜徘徊の原因が夢遊病やそれに類するものだとしたら、女性医師が言っていたように脳の前頭前野の働きが低下しているため、書き置きの内容を読まずにドアを開け、鈴を鳴らしてしまうだろう。一方、もし何らかの理由により判断能力が残っていて、祖父母に感知されずに夜の散歩に繰り出せたとしても、誕生日や血液型といった、茜自身が知らない情報は答えられないはずだ。

――夜に茜の身体を支配しているのが、咲子さん本人でない限りは。

薬の効果か、それとも早朝からの疲れが祟ったか、急に強烈な眠気が訪れた。

電気を消してベッドに飛び込むと、部屋の暗さに目が慣れる間もなく、意識が途切れた。

＊

学校のない土曜日は、耐えがたい眠気との攻防戦を朝から繰り広げずに済む。十時過ぎにおばあちゃんが見かねて声をかけにくるまでは、布団の中で微睡んでいられるのだ。

だけど今朝は、なぜだか六時前には目が覚めた。定期テスト対策が間に合わずに徹夜して朝を迎えたときのような、変に冴えきった頭で白い天井をしばらく見つめてから、ある予感に襲われて部屋のドアに視線を向ける。寝る前に貼っておいたはずの付箋がない。慌ててベッドから飛び降り、部屋の中を見回すと、学習机の上に付箋が三枚並べてあった。ドアから剝がされたと思しき二枚の横に、見覚えのない三枚目が添えてある。

自分のものとは明らかに異なる筆跡だった。茜は幼い頃におばあちゃんに書道を教えてもらった経験があり、右上がりの濃い字を書くのだけれど、三枚目の付箋に書かれた文字は、紙をこすったら消えてしまいそうなほどに薄く、字体も妙に丸っこい。

『鈴と階段のこと、教えてくれてありがとう。誕生日は八月十日、血液型はO型です。』

〝夜の私〟が寄越したたった二文の返事を、茜は机の前に立ち尽くしたまま、何度も読み返した。

英語のノートに残されていた落書きと、同じ筆跡だ。

もちろん、こんなものを書いた記憶はない。あまりに違う文字の癖を、これほど上手く真似られるはずもない。

ふと我に返って、開けっ放しのクローゼットの扉に手をかけ、中を覗き込む。三段重ねの衣装ケースの上に、今の茜の趣味ではない、シンプルな水色のTシャツと黒のスキニーパンツが乱雑に畳んで置いてあった。その脇に、ストラップつきの鈴が一個転がっている。

予感が当たった興奮と恐怖とが、堰を切ったようにあふれ出てきて、鼓動が急激に速くなった。たまらず胸を押さえ、フローリングの床を見つめて思考する。

付箋を最初に自室のドアに貼ったのは、一昨日の夜のことだった。

昨日の朝はいつもどおり、目覚まし時計の音に叩き起こされた。眠い目をこすりながらドアを見て、就寝前と何の変化もないことに軽い失望を覚え、さらに朝食時に祖父母から、夜中に茜が歩き回った気配はなかったことを知らされた。衣装ケースから服が引っ張り出された形跡もないところを見るに、その晩、〝夜の私〟は姿を現さなかったようだった。

通常なら金曜日は疲れが溜まっているはずなのに、昨日は不思議と頭がすっきりしていて、授業中に舟を漕ぐこともなかった。睡眠薬が効きすぎたのかもしれない、と昼頃になってようやく気がついた。そのせいで茜の身体が朝まで熟睡モードに入ってしまい、乗り移った咲子さんが散歩に出られなくなってしまったのではないか。

それで昨夜は、薬を飲まなかった。

その結果が今、目の前にある。

八月十日、O型。付箋に書かれた情報が本当に合っているのか、早く咲子さんちに行って確かめたくてたまらない。だけど「おはなしボランティア」の約束は午後三時だ。朝食、勉強、昼食、勉強、それから。今すぐ飛んでいけないのが、心の底からもどかしい。

階下からは、すでに起き出しているおばあちゃんの足音が聞こえていた。もうしばらく付箋の丸文字を眺めてから、茜は自室を出て、居間に顔を出した。朝食の席でおばあちゃんに、

「咲子さんのお母さんに電話して、オーケーしてもらえたらボランティアの時間を早めてもいい？」とダメ元で訊いてみると、「あまりうるさく言いたくはないけど、楽しみにしていることの前には、面倒なことを少しでも進めておいたほうがいいのよ」となだめられた。もっともすぎて、何も言い返せない。

仕方なく、重い身体を引きずって二階の自室に戻った。疲労が肩にのしかかってくる。その度合いが、昨日の朝とは大違いだった。おじいちゃんやおばあちゃんは気がつかなかったようだけれど、〝夜の私〟は昨夜、部屋を出て長時間歩き回っていたのだろう。茜の助言どおりに、鈴の音を止め、階段の端を伝って。彼女が深夜に活動した分だけ、茜の身体は睡眠不足に陥り、不調を訴えているのだ。

学習机の前に腰かけ、背もたれに身を沈めるようにして細く息を吐いた。足先で軽く床を蹴(け)り、ゆっくりと椅子を回転させる。

なぜだか、左手の指先がひりつくように痛んだ。

じっと指先に目を落とす。心当たりのない、皮膚(ひふ)の突っ張るような感覚だった。

もし本当に、夜の間に茜の身体を使っているのが、咲子さんなのだとしたら——と考える。

どうして突然、そんな現象が起きたのだろう。

ひとときだけでも入れ替わってあげたいと、彼女と初めて会った日に茜が願ったから？　十二年間も寝たきりのまま過ごしている咲子さん自身が、それを望んだから？　そんな二人の思いが共鳴したから？　交通事故の被害者同士という重く悲しい運命が、自分たちを超自然的な力で結びつけたから？　もしくは、神様の悪戯で、たまたま？

　いずれにしろ、鈴のトラップと階段の軋みの回避方法を教えた茜にわざわざ感謝するくらいだから、〝夜の私〟はこの状況を好意的に受け入れているようだった。夜な夜な散歩に出ているのが彼女の意思であることは、少なくとも間違いない。長年ベッドの上で身動きもできずに過ごしてきた咲子さんにとって、気の赴くままに外を歩けるのは、それだけでも飛び上がりたくなるほど嬉しいことだろう。

「それとも、どこか行きたい場所でもあるのかな……」

　短いメッセージが書かれた付箋を手に取り、何気なく呟いた。誰かが答えを返してくれるわけもなく、気が乗らないまま勉強の準備に取りかかる。ピンク色の付箋を引き出しに片付けようとしたとき、まだ剝がされていない付箋の山の一番上に、例の薄い文字が書かれているのが目に飛び込んできた。


『光成高校　鎌田朋哉　保谷奈々恵』


　馴染みのない氏名に首を傾げる。光成高校が二つ隣の駅の近くにある咲子さんの出身校であること以外、何も分からなかった。振り仮名がないため、漢字の読みさえ定かではない。

「カマタ、トモヤさんと……ホヤ、ナナエさん、かな」

　咲子さんの、高校時代の同級生だろうか。いや、先輩や後輩、あるいは恩師かもしれない。

心当たりのない名前の書かれた紙が、自分しか出入りしていないはずの部屋に一晩のうちに現れたということ自体、震えが止まらなくなってもおかしくないくらい不気味な出来事なのに、茜はなぜだか冷静でいられた。付箋のメッセージと服に続いてもう三回目だからかもしれないし、ついさっきまで大切な人と寄り添っていたかのような温もりが、今この瞬間もわずかに胸の奥に漂っているからかもしれない。

フルネームを入力して調べれば、何か情報が出てくるのではないか。そう思ってスマートフォンを手に取り、インターネットブラウザを立ち上げた。

鎌田、と打ち込んだ途端、『鎌田朋哉』と検索キーワード予測が出てきたことに驚く。誰もが知る有名人なのかと勘違いしそうになったが、検索結果をよく見ると、似た名前のスポーツ選手や研究者に言及したページが並んでいるだけだった。もしや、と閃いてもう一つの名前も試してみると、保、まで入力した段階で『保谷奈々恵』と予測ワードが表示される。

つまり――茜はすでに、このスマートフォンで二人の名前を検索したことがあるのだ。

正確には、〝夜の私〟が。おそらく、付箋が使用された昨夜のうちに。茜のスマートフォンには指紋認証機能がついているため、身体が茜本人であれば、パスコードを知らなくても簡単にロック解除できてしまう。

気になって閲覧履歴を見てみたけれど、〝夜の私〟が検索したのは、この二人の氏名のみのようだった。似た名前の人物が掲載されているページをいくつか開いただけで、すぐに調べ物をやめてしまったようだ。

スマートフォンを机の端に裏返して置き、シャーペンを右手に持った。今日の午後三時が、いっそう待ち遠しくなっていた。

自分の身に何が起きているのか。

その答えを知るためには、まず、咲子さんに、誕生日と血液型を尋ねてみなくてはならない。

淡いピンクで統一された、心地よいリビング。その大半を占領する介護用ベッドの周りでは、網戸から吹き込む爽やかな五月の風が、絶えず空気の流れを作っていた。

「そういえば咲子さん」と、茜はマグカップをサイドテーブルに置きながら、さりげなく尋ねる。「誕生日、いつですか？」

「八月、十日——だよ」

梅雨はまだまだ来ないでほしいね、だとか、何年か前の朝ドラに出ていた女優さんが結婚したみたいだね、だとか、そんなとりとめもない世間話をしているうちはいつもの穏やかな表情をしていた咲子さんが、茜が質問した途端、ほんの少しだけ悪戯っぽく微笑んだ。

「血液型も——教えたほうが、いい？」

「あっ……はい、ぜひ」

「O型。茜ちゃんは？」

「Aです。誕生日は、十二月十八日」

こちらが教える意味はあるのかな、と思いながら答えると、キッチンで戸棚の整理をしていた多恵子さんが、「あら、なになに、占いか何か？」と能天気な大声で尋ねてきた。

「そんな感じです。ええっと、誕生日と血液型を入れると、運勢を占ってくれるサイトがあって……」

「楽しそう！　私も占ってくれない？　昭和三十三年十月——あら嫌だ、歳がバレちゃう」

多恵子さんが笑いながらそんなことを言うものだから、慌てて占いサイトを探す羽目になる。

幸いにも、誕生日と血液型で運勢を占うサイトというのは山ほどあって、それなりに二人を楽しませることができた。やってみたのは動物占いで、多恵子さんはのんびり屋のタヌキ、咲子さんはカリスマのライオン、茜がロマンチストのキリンという結果が出た。自分のことは客観的に判断できないけれど、茜以外の二人に関しては、けっこう当たっているような気がする。

「のんびり屋はともかく、タヌキっていうチョイスはなんだか失礼な感じがするわよねぇ」

「私、カリスマだって。普通に、働いてたら——何かのリーダーとか、やれてたのかなぁ」

多恵子さんが壁と人工呼吸器の台の間に身体を押し込むようにしてベッド上の咲子さんの顔を覗き込み、母娘で愉快そうに会話をしている。茜は丸椅子から腰を浮かして、スマートフォンの画面を咲子さんの目線の高さに差し出していた。ちょっと腕が痛くなってきたけれど、咲子さんが喜んでくれるなら、これくらい大したことではない。

リーダーになっていたかどうかは分からないものの、咲子さんに人を惹きつける力があるのは明白だった。現に、茜がこうして引き寄せられ、ボランティアの時間を楽しみにこの家へ通っている。友達のいない学校よりも、受験勉強へのプレッシャーがかかる家よりも、このベッド脇に座っている時間が、一番心が満たされた。咲子さんのかすれた声を聞き、柔らかな笑顔を目にするたびに、胸の奥底に暖かい色の光が広がり、全身が軽くなったような気分になる。

それにしても、先ほど誕生日を尋ねたときの、咲子さんの意味ありげな表情が気になった。わざわざ血液型の質問を催促してきたことといい、まるで茜に訊かれることを予期していたかのような反応だった。

付箋の内容と、咲子さんの口から聞いた回答が、完全に一致した——それが何を示すのかは明白なのだけれど、思考が夢の中のようにふわふわとしていて、この事実をどう処理していいのか、茜は途方に暮れてしまう。

ひとしきり占いの感想を語り合った後、多恵子さんは今日も植木鉢や花壇の手入れをしに庭に出ていった。

咲子さんが喋りかけてくる様子はない。喉のチューブを通じて一定のリズムで呼吸をしながら、優しい眼差しでこちらを見ている。茜に質問されるのを待っているかのような雰囲気が、その表情に漂っていた。

「あの……咲子さん。もしかして、夜に……私たち、身体が……」

入れ替わってるんじゃないですか、というあまりにストレートで非現実的な質問は、上手く口に出せなかった。舌の上で独りよがりに弄んだその言葉が、咲子さんの耳に届いたかどうかは分からない。だけど咲子さんは目を糸のように細くして苦笑し、やや申し訳なさそうに唇をすぼめた。

「ごめんね。睡眠、足りてる？　ううん——足りてるわけ、ないか」

その言葉を聞いた瞬間、肩の力が抜けた。知らず知らずのうちに緊張して、身体がこわばっていたようだった。

やっぱり、そうだったのだ。

夜、茜の身体の中に入って、Tシャツとジーンズに着替えて家を抜け出しているのは。ドアに貼った付箋に、薄く丸っこい字で、素直な返事をくれたのは。

「咲子さん……私たち、なんで、こんなことに」

「なんでだろう——ね。すごく不思議な気分——だよ、私も」

彼女自身も、原因は理解できていないようだった。その後はどちらが言葉を継ぐわけでもなく、テレビの中でお笑い芸人が笑っている小さな音だけがリビングに流れた。

沈黙に耐えかねたのか、やがて咲子さんは視線を逸らし、網戸の外の庭に目を向けてしまった。風に揺れる草花と、その間でゆったりと作業を進める多恵子さんを、そのまま二人して眺める。

先に口を開いたのは、咲子さんだった。こちらを振り向いた彼女は、どこか思いつめたような顔をしていた。

「茜ちゃん——迷惑してる、よね。受験生、だもんね。夜の外出は、やめたほうが——」

「いいんです」

茜がはっきりと言い切ると、咲子さんは驚いたように目を見開いた。どうやら、茜に苦言を呈されると思っていたようだ。

「私の身体でよければ、使ってください。もともと寝つきが悪くて、眠いのには慣れてますから、大丈夫です。スマホのパスコードは９９９です。たまに指紋認証で開かなくなることがあるので、そのときは今言った番号を押してください」

「茜ちゃん――」

「だって咲子さん、何かを調べようとしてるんですよね？　気になることがあって、インターネットで検索したんですよね？　私の部屋の付箋にメモしてた名前――あの二人って、咲子さんのお友達ですか？　咲子さんが毎晩どこかに出かけるのは、もしかして、あの人たちの居場所を探すためですか？　間違ってたらごめんなさい。でも、私でよければ協力するので、なんでも言ってくださいね」

呆気に取られた顔をしていた咲子さんは、付箋にメモしてた名前、と茜が口にしたあたりでわずかに目を泳がせた。あのメモは茜に見せるつもりで置いたのではなく、単に処分し忘れただけだったのかもしれない。

「……ありがとう。茜ちゃんの気持ち――嬉しいよ。とても」

再びの沈黙の後、咲子さんが遠い目をして言った。瞬きをするたび、まぶたが重そうに落ち、またうっすらと開く。人工呼吸器をつけたまま長時間発声し続けるのは、健常者が喋るよりもずっと体力を使うようで、茜と会話するうちに急に眠そうにし始めることはよくあった。普段飲んでいる薬の影響などもあるのかもしれない。今日も世間話や占いで盛り上がり、つい長居してしまったけれど、そろそろ切り上げる頃合いだ。

また来ますね、と咲子さんに声をかけると、すでに半分夢の世界に入ってしまったような緩い微笑みと、唇を二度触れ合わせる挨拶が返ってきた。茜は玄関から外に出て、庭にいる多恵子さんに声をかけた。多恵子さんはわざわざエプロンを外し、目の前の道路まで見送りに出てきてくれた。

「毎回、どうもありがとうね。咲子のために」

「あ、いえ、私が来たいだけなんです。咲子のためにむしろ私の話を聞いてもらっちゃうことも多くて、反省してばっかりで」

「そのほうがきっと咲子も嬉しいわよ。ボランティアというよりお友達みたいで、理想的な関係じゃないの」

「だといいんですけど……」

「咲子はねぇ、友達がまったくいなくて」

リビングで夢うつつを彷徨(さまよ)っている咲子さんに聞かれないようにか、多恵子さんは不意に声のトーンを落とした。

「在宅看護が始まった当初はね、私が中学やら高校やら方々(ほうぼう)に連絡したりして、お見舞いに来てくれる子もちらほらいたんだけど……どの子もすぐに、足が遠のいちゃって。もともと親友と呼べる仲でもなくて、寝たきりのあの子に付き合うのが面倒になっちゃったのかもね。本当は咲子のケータイがあれば、一番仲良しの子に直接連絡を取れたんでしょうけど、事故で壊れちゃってねぇ」

「そう……だったんですか」

「だから茜ちゃんがこうして来てくれること、あの子、ものすごく喜んでるのよ。歳の差はあるけど、咲子だって、今の茜ちゃんと変わらない年齢までしか社会で生活できてないわけでしょう？　ある意味、あなたたちは同世代のようなものなのよね。精神的にはね」

　あんなに性格のいい咲子さんに、一人も友達がいないというのは意外だった。でも、事故の前後で関係が切れてしまったという説明には頷けた。

　茜自身が現役の高校生だからこそ、身に染みて分かる。高校生の友情は危うくて、脆(もろ)い。新学期にクラス替えが行われるだけでも、それまで毎日教室で一緒にお弁当を食べていた仲良しグループと、急に疎遠になったりするのだ。学校で親しくしていた友人と、卒業してもそのままの関係でいられる保証はない。ましてや、重い障害を負って、友人とカラオケや映画館に遊びにいくこともできなくなってしまった、咲子さんの場合なんて。

「あの……カマタ、トモヤさんってご存じですか？　あとは……ホヤ、ナナエさんだったかな。高校時代の話をしてるときに、咲子さんの口から名前をちらっと聞いたような気がするんですけど」

　嘘を交えて話すことに良心が咎(とが)めつつも、どうしても気になって尋ねてしまう。すると多恵子さんは、びっくりしたように瞬きをした。

「咲子が自分から鎌田(かまた)くんと奈々恵(ななえ)ちゃんの名前を出したの？　珍しいわね。ええっと……たぶんだけどね、鎌田朋哉くんっていうのは、咲子が当時付き合ってた高校の先輩。で、保谷奈々恵ちゃんは、高校に入学してすぐの頃からいつも一緒にいた、あのころ咲子と一番仲がよかった子ね」

「彼氏と……親友？」

「ええ。咲子の手帳を見たらね、事故当日に、それぞれと会う約束をしてたみたいだったのよ。だからその二人にも当然、後日高校の先生経由で連絡を入れたんだけど……不思議ねぇ、鎌田くんも奈々恵ちゃんもお茶を濁したまま、結局一度も顔を見せてくれなくて」

「一度も？」茜は目を瞬く。「それは、変ですね」

「でしょう？　だけど咲子に訊いても、事故の前後のことはほとんど覚えてない、たまたまその日に喧嘩でもしたんじゃないの、なんて首を傾げるだけでね。特に鎌田くんとは、一時期親しくしてたことさえ記憶が曖昧みたいなのよ。本人がその調子だから、私がそれ以上首を突っ込むのも憚られて……それっきり。まあ、ああいう年頃の子だから、距離が近ければ近いほど、交友関係のトラブルが起こりがちだったんじゃないかとは思うんだけどね。ほら、茜ちゃんも同じような年齢だし、なんとなく分かるでしょう？」

　多恵子さんの勢いに押されるようにして、茜は首を縦に振った。だけど内心では納得できていなかった。事故当日に会う約束をしていた彼氏と親友が、二人ともお見舞いにすら来ないなんて、なんだか不自然だ。多恵子さんだって、当初はもっと疑問に思い、娘を心配していたのだろう。十二年の時が経ち、問題が風化してしまっただけで。

その二人の名前を、〝夜の私〟と化した咲子さんが、昨晩スマートフォンで調べていたということは――。

　彼らとの関係について、何か、心残りがあるのだろうか。

「ああ、湿っぽい話になっちゃってごめんなさいね。そういえば茜ちゃん、咲子と一緒に曲を作る約束をしてるんですって？　咲子が作詞、茜ちゃんが作曲担当で」

「そ、そんなたいそうなものじゃないですけど、はい」

　急に趣味の話を振られて冷や汗をかきながら返答すると、多恵子さんのふくよかな丸顔に、嬉しさと寂しさがないまぜになったような表情が浮かんだ。

「あの子、若いうちに身体があんなことになっちゃったでしょう、だから自分がやりたいと思ったことを何一つ最後までやり通したことがないのよ。勉強も部活も全部中途半端なまま、寝たきり生活に突入しちゃって。英検だとか、作詞だとか、そういうことに今さら熱心になってるのは、きっとその反動なんでしょうね」

「何一つだなんてご謙遜を」

「謙遜？　いえいえとんでもない――って茜ちゃん、たまに女子高生っぽくない言い回しをするわよね」

　自覚はないけれど、もしそうだとすれば、小学一年生の頃から祖父母に育てられているせいかもしれない。

「というわけで、あの子の母親として、私も曲の完成を心から楽しみにしてるわね。今は受験生でお忙しいでしょうから、気長に、いえ、首を長くして、一日千秋の思いで待ってるわ」

「うわっ、言葉の端々からプレッシャーが……」

ふふ、と多恵子さんがくぐもった笑い声を上げた。次は月曜に来ることを伝え、小さく会釈をして住宅街の一角にある厚浦家を後にする。

多恵子さんが庭いっぱいに育てている花の香りが、茜は好きだった。窓を開けておける今の季節、ベッドの上の咲子さんはいつでも包まれているのだろう。愛が具現化したような、この幸福な匂いに。

*

肉体と精神は深く結びついている。どちらかが不調に陥ると、もう一方も引っ張られるように調子を落とす。身体が元気なら心も元気で、その逆も、受験生らしく数学的にいうならば、裏も対偶も然り。そういうものだと思っていた。

その法則にも例外があるのだと、ここ数日で初めて知った。〝夜の私〟となった咲子さんが真夜中に活動した分だけ、睡眠時間が削られて、茜の身体は満身創痍になっていく。肌は荒れ、目の下の隈が消えなくなり、顔を合わせるたびにおばあちゃんに心配される。だけどいくら頭が働かなくても、心には常にこの上ない喜びがあるのだった。朝起きるのも、前ほどつらくない。学習机の上に増えた一枚の付箋が、これから始まる新たな一日へと、茜を優しく送り出してくれるからだ。

今朝も茜は、逸る気持ちとともに目を覚ました。幼い頃、早起きして遠足や旅行に出かける日や、枕元にプレゼントが置かれるクリスマスの朝に、毎回こんな気分になっていたことを思い出す。

ベッドから飛び降りて学習机に駆け寄り、付箋に書かれた文章を急いで読んだ。

『服、ありがとう。びっくりしました！　すごく好みです。嬉しいよ。写真はスマホを見てね。夜食のおにぎりも譲ってくれてありがとう。』

スマートフォンを充電器から外し、写真アプリを開く。見覚えのない写真が一枚、真っ先に目に飛び込んできた。

茜自身の全身写真だった。この部屋の壁際に立ち、蛍光灯の白い光を浴びながら、カメラに向かって控えめなピースサインを出している。シャッターが下りるタイミングを勘違いしたのだろうか、写真の中の茜はなぜだか真顔だ。カメラアプリのセルフタイマー機能については、昨夜残した付箋のメッセージで事細かに説明したつもりだったのだけれど、スマートフォンの操作に慣れていない彼女にはやや難易度が高かったのかもしれない。

英字の書かれた緩いシルエットの黒いTシャツに、鮮やかなイエローのワイドパンツ、そして頭にはオフホワイトのキャップ。

似合っている——と、他でもない自分自身の姿を眺めながら感想を抱くのも変な話だ。でもやっぱり、似合っている。いつもは学校でほとんど周りと会話しないのに、たまたま席が隣だったクラス一のお洒落な女子生徒にコーディネートやブランドのアドバイスを求めてまで、咲子さんが好きなスタイルの服を買ってきた甲斐があったというものだ。

こんなかっこいい服装で街を歩けたらなぁ、と咲子さんがふと呟いたのは、月曜の「おはなしボランティア」の最中のことだった。深々とキャップをかぶった私服姿の若い女性タレントが、アーケード商店街での食べ歩きロケ中に偶然出演者と出くわしたという体で、テレビ画面に映し出されていた。

咲子さんの心底羨ましそうな顔を見て、丸々残っていた今年のお年玉を使ってしまおうと、茜は即座に決心した。

自分でも驚くほどの行動力で、翌日の火曜日には学校で隣の席の子にアドバイスをもらい、水曜の放課後に、乗換駅にあるショッピングモールに寄って服を調達してきた。咲子さんへのプレゼントといっても、実際に着るのは茜自身なのだから、サイズで悩まずに済んで助かった。就寝前に、真新しい服が入ったショップバッグを衣装ケースの上に置き、『プレゼントです。着たら写真をお願いします！』と書いた付箋を貼りつけておいた。セルフタイマーの使い方は、別の付箋に記した。

サプライズプレゼントへの好意的な反応に満足し、スマートフォンを机に置いてパジャマを脱ぎ始める。制服を取ろうとしてクローゼットの中を覗くと、先ほどの写真に写っていた服一式が、いつもより丁寧に衣装ケースの上に積まれていた。ショップバッグまで綺麗に畳まれていて、一番上にオフホワイトのキャップが載せてある。

この服で、外に出かけたのかな。散歩、楽しめたかな――そう考えただけで、自然と口元が緩んだ。

いくら咲子さんが夜中に歩き回れるとはいえ、そんな時間にアパレル店は開いていない。だから勝手に買ってくることにしたのだけれど、少しでも喜んでもらえたなら何よりだ。

自由に動き回れる夜の時間を、できるだけ楽しんでもらいたい。

そんな思いが、茜の中で日に日に膨らんでいた。魂の入れ替わりなどという現象は、いつまでも続くものではないかもしれない。ある日突然、終わってしまうかもしれない。だったら今のうちに、咲子さんがやりたいことを全部、叶えてあげたい。――だって咲子さんは、まだ会って半月ちょっとしか経っていないのが信じられないくらい、私にとって大切で、大好きな人だから。

これまでの付箋のやりとりを、茜は自室での受験勉強中、たびたび机の引き出しから取り出して読み返した。まだ始めて一週間も経っていないのに、ここには咲子さんとのかけがえのない思い出が詰まっている。

『今日はお話しできて嬉しかったです。それにしても、本当に入れ替わってるなんてびっくりしました。何か、私の体を使ってしたいこと、ありますか？　とりあえず、おばあちゃんがおやつに出してくれたクッキーを置いておきます。駅前のケーキ屋さんのです。』

『クッキー、とても美味しかったです。普段はペースト状のご飯しか食べられないから嬉しいよ。本当は好きだった音楽をやってみたいけど、夜中に音を出すのは難しいよね。』

『音楽というのは、歌やギターでしょうか？　ごめんなさい、それはおじいちゃんやおばあちゃんに気づかれちゃいそう……。代わりにはならないかもですけど、スマホにピアノアプリを入れておきました。一応、音は鳴らせます。イヤホンも置いておきます。あとはパソコンでの作曲、試してみますか？』

『今ってこんなアプリがあるんだね。つい長々遊んじゃったよ。作曲も面白そうだけど、パソコンの操作を覚えられそうにないので遠慮しておくね。音楽はせいぜい、外で鼻歌を歌うくらいにしておきます。』

『今日はお邪魔させていただきありがとうございました、楽しかったです。テレビで取り上げられてた逆立ちエクササイズや、ＳＮＳで流行ってるダンスが面白そうって言ってましたけど、よかったら私の体でやってみてください！』

『ごめん、茜ちゃん……。逆立ちやろうとして、転んじゃいました。大きな音を立てちゃったから、おばあちゃんが様子を見にきたみたい。寝たふりをしたけど大丈夫だったかな。あ、飴、久しぶりに舐めたよ。甘くて美味しかったです。』

『朝、おばあちゃんに聞かれたけど、寝相が悪くてベッドから落ちたと答えておきました。こちらこそ、筋肉が足りなくてすみませんでした……。ダンスの調子はどうですか？』

『フォローありがとう、逆立ちはもう二度とやりません。ダンス、手の振り付けだけ練習してみたよ。インカメ？　で動画撮ってみたけど、こんな感じでいいのかな。』

『すっごく上手です！　今日はおばあちゃんが夜食におにぎりを作ってくれたので、そのまま置いておきます。早めに食べてくださいね。あと、ちょっとクローゼットを覗いてみてください！』

咲子さんのために生きる毎日は、楽しかった。

おばあちゃんがおやつや夜食を出してくれた日は、こっそり取っておいて、〝夜の私〟に食べてもらった。逆立ちの一件は、朝ベッドから下りようとした瞬間に腕に痛みが走ってびっくりしたものの、筋肉痛だと判明した途端に噴き出してしまった。茜自身が恥ずかしそうに踊るダンス動画を不思議な気持ちで眺め、ピアノの鍵盤の位置に指紋の跡が残るスマートフォンの画面に愛おしさを覚えた。咲子さんがパソコンでの作曲を試す気がないことだけは、ちょっぴり残念だった。軽音楽部だった咲子さんなら絶対に興味を持ってくれるはずだから、できればそばについて操作方法を教えてあげたいところだけれど、どうひっくり返っても、〝夜の私〟の隣に〝昼の私〟はいられない。

奇妙な入れ替わり現象が起こるようになった原因は、二人が交通事故の被害者同士という共通の運命を抱えているからではないか――。初めから頭の片隅にあったその考えは、このところ、ほぼ確信に変わっていた。

咲子さんに初めて会ったときから、胸が熱くなって溶け合うような心地がしていたのも、きっとそのせいだ。彼女自身の魅力ももちろんあるだろうけれど、それだけでは説明できないような深い絆が瞬時に生まれたのは、自分たちが過去に同じ理由で、大きなものを失っていたから。そう考えるとしっくりくる。茜は、両親を。咲子さんは、健常な身体を。

交通事故に遭ってよかったことなんて、これまで一つもなかった。母の日や父の日に、小学校で書かされる作文が苦痛だった。新しく友達になった子に家族について訊かれたとき、ごめん、と相手に言わせてしまうのがつらかった。生活が苦しいことが分かっていたから、育ててくれている祖父母にも常にどこか遠慮していた。

そういう肩身の狭さが、茜を内気な性格にしたのかもしれない。

だけど、咲子さんとの共通項がこの不思議な現象を起こしたのだとすれば、初めて、「よかった」と思える。

この充実感のある日々のために——咲子さんの〝夜の散歩〟の手助けをするために、今までの不遇な人生はあったのだ。

大げさかもしれないけれど、そんな思いが日に日に強くなり、茜に自信を与えてくれている。

ただ、覚悟はしていたものの、一つの身体を二人で交互に使うというのは、やはり大変なことだった。咲子さんが自由に出歩ける時間を確保するため、就寝時間をできる限り早め、心療内科で処方された睡眠薬もあれきり飲むのをやめた。受験勉強の進みは、どうしても遅くなった。人間の身体は、眠らないでいいようにはできていない。ふと気を抜くと倒れてしまいそうになる日も多かった。

　それでも、茜の心はいつになく元気だった。

　今日は、三日ぶりに咲子さんの家を訪問することになっていた。

　本当は体調不良だと言って学校を休んでしまいたいくらいだったけれど、学校を欠席してボランティアにだけ顔を出すことは、おばあちゃんが許さない。

　制服のブレザーを羽織り、通学用のリュックを肩に引っかけて部屋を出る。眩しい朝日が差し込む部屋を振り返って、昼間の景色も見せてあげられたらいいのにな——と考えた瞬間、軽い立ち眩みに襲われ、茜は慌てて壁に手をついた。

　咲子さんは今日も、腰まで薄手の布団をかけ、背もたれを起こした介護用ベッドの上に行儀よく座っていた。

　人工呼吸器が彼女の身体に空気を送り込む。その規則正しい音が、夏を予感させる風の舞う、小ぢんまりとしたリビングを支配している。

　多恵子さんは、ドラッグストアに買い物に出ていた。普段はヘルパーさんが来ている間に外出の用事を済ませるのだけれど、トイレットペーパーが切れかけているのをすっかり忘れていたらしい。「悪いわねぇ、うち狭いでしょ、かさばる日用品はなかなか備蓄もできなくて。何かあったら電話してね」と多恵子さんは携帯電話の番号を書き残し、ハンドバッグを提げてあたふたと出かけていった。

前回の訪問のときは、多恵子さんがずっと同じ部屋で料理や服のボタン付けをしていたため、なかなか踏み込んだ話ができなかった。多恵子さんの姿が門の向こうに消えるのを網戸越しに確認してから、茜は丸椅子の上で姿勢を正し、咲子さんに語りかけた。

「写真、ありがとうございます。さすがの着こなしでした。私はああいう攻めた服装をする勇気が出ないので、羨ましいです」

「そんなこと言って」と、咲子さんが小さく苦笑する。「身体は同じ、でしょう。茜ちゃんに——似合う服、ってことだよ」

「いえいえ、中身が咲子さんだから、ちゃんとかっこよくなるんですよ」

お世辞ではなく、本音だった。セルフタイマーで撮ってもらったあの写真を、通学途中の電車でも何度も見返したけれど、姿かたちは紛れもなく鈴木茜なのに、漂う雰囲気がまるで別物なのだった。表情が引き締まっている、というのだろうか。こうして身じろぎもできずにベッドにもたれている姿を見ているだけでは分からないものの、きっと本来の咲子さんは、ああいう凜々(りり)しいオーラの持ち主なのだろう。

「私のために——ありがとう。お金、大丈夫?」

「平気です。お年玉で足りたので」

「せっかくだから、茜ちゃんも——着てほしいな、あの服」

「イメチェンする勇気を育てるのにまず時間がかかるので、いずれ、はい、頑張ります」

茜がしどろもどろに言うと、咲子さんが可笑しそうに頬を緩める。そんな彼女の笑顔を見るたびに、茜の心の中に、虹色の光が広がる。

　ドラッグストアはすぐ近所だから、多恵子さんが帰宅するまでにそう時間はかからないはずだ。付箋の小さなスペースでは切り出すのが難しかった話題を、茜は意を決して、目の前の咲子さんに振った。

「あの、嫌な気持ちにさせちゃったらごめんなさい。私の部屋に名前のメモが残ってた、鎌田朋哉さんと、保谷奈々恵さんのことなんですけど……どうですか、会えそうですか？　私でよければ、やっぱり、何かお手伝いしましょうか」

　咲子さんの目が、驚いたように見開かれる。

　最初は、自分から首を突っ込む気はなかった。協力するという茜の申し出に対し、咲子さんが何かを依頼してくる様子は特になかったから、あくまで静観するつもりだったのだ。

　けれど、部屋に残されたメモやスマートフォンの閲覧履歴を毎日見るうちに、だんだんじれったくなってきた。『鎌田　電話番号：』『奈々恵　住所：』などと項目だけ記載された付箋はいつまでも空欄のままだし、閲覧履歴には同じキーワードによる検索結果ばかりが残されている。咲子さんは、毎夜調べ物を続けているにもかかわらず、まだめぼしい情報に辿りつけていないようだった。

　もしかすると、十二年前から寝たきりになっている咲子さんは、現代のインターネット事情に明るくないのではないか——そう思い、試しに各ＳＮＳで検索をかけてみた。すると間もなく、鎌田朋哉のものらしいアカウントが見つかった。プロフィール欄に『光成』の文字があったから、まず間違いない。

一方、保谷奈々恵のほうは本名でSNSをやっていないらしく、探すのにやや苦労した。だがそれも、同じ光成高校出身であるはずの鎌田のアカウントを起点としてフォロワーのフォロワーを辿っていくうちに、『hoyahoya_nyanco』なるIDのアカウントに行き当たった。これが保谷奈々恵のものである確証はないけれど、最新の投稿の中にあった『二十代残り数か月、最後まで楽しむぞ～！』の一文を見る限り、咲子さんの同級生である可能性は高かった。鎌田朋哉とは面識がないのか、SNS上で直接繋がってはいないようだった。

鎌田朋哉のアカウントのプロフィール画像は、幼い子どもを肩車している本人と思しき男性だった。保谷奈々恵は、派手なネイルアートを施した爪の写真を設定していた。

「たぶん、このアカウントじゃないかなって」

茜が経緯を話し、ベッドの上に身を乗り出してスマートフォンを掲げると、咲子さんは目を丸くしたまま、しばらくSNSの画面を見つめていた。

「すごいね、茜ちゃん。何日、頑張っても――全然、分からなかったのに」

「合ってると……思いますか？」

「鎌田先輩のほうは――遠目の写真だから、絶対じゃないけど――面影がある。奈々恵は――お洒落な子だったし、猫好き――だったから、きっとそうだね」

「私が、会ってきましょうか」

茜が恐る恐る申し出ると、咲子さんは唇を半開きにした。えっ、と発声しようとしたようだったけれど、ちょうど人工呼吸器が〝吸う〟タイミングに入っていたからか、太い管を通る空気の音以外は何も聞こえなかった。

「咲子さん、一生懸命二人のことを調べてるみたいだったので……何か、訊きたいことがあるのかなって。私でよければ、力になります。咲子さんの代わりに、鎌田さんと奈々恵さんに話を聞いてきます」

「それは――悪い、よ」

「全然、気にしないでください。おばあちゃんの説得はどうにかしますから。だって、せっかく連絡が取れても、深夜から明け方の時間内に、直接会うのは難しいですもんね。咲子さんが事故に遭った日のことを訊くなら、電話やメッセージじゃ話しにくいでしょうし」

どうしてそれを、と咲子さんの唇が動く。鎌田朋哉が咲子さんの元恋人、保谷奈々恵が元親友で、二人それぞれと事故当日に会う約束をしていたと多恵子さんから聞いたことを話すと、咲子さんは納得したように深く頷いた。

「茜ちゃん、探偵みたい。なんか――頼もしいね」

「いえ、別に、ＳＮＳでネットストーカーまがいのことをしただけで……」

「私ね、記憶が――まだらなの。事故の直前に、奈々恵と――会ってたらしいのも、その直後に――鎌田先輩と、デートする予定だったのも――全部、私の手帳を見た――お母さんから、聞いただけでね。鎌田先輩と、本当に付き合ってたんだっけ。奈々恵と、あのころ仲よかったんだっけ。そんな感じ」

保谷奈々恵との約束が事故直前、鎌田朋哉との約束が事故直後というのは初耳だった。いっそう、何か後ろ暗い事情があったのではないかという気がしてくる。

「咲子さんが知りたいのは、事故当日に何があったか、ですか。鎌田さんと奈々恵さん、それぞれと」

「そう——だね。それが分かれば、二人がお見舞いに——来なかった、理由が——はっきり、するだろうから」

咲子さんの顔に、不意に影が差した。母親の多恵子さんに対しては気にしていないように振る舞ったのかもしれないけれど、親しくしていたはずの彼氏や親友が一度も顔を見せないことを、やっぱり咲子さんは寂しく感じていたのだ。

彼女を励まそうと、掛け布団の上に置かれた手を握る。骨の感触が、直(じか)に伝わってきた。茜の掌(てのひら)の感触や体温が、咲子さんの神経に伝わることはないと分かっていても、そうせずにはいられなかった。

咲子さんは私に、心温まる居場所をくれた。もっともっと、咲子さんの役に立ちたい。その一心で。

「お願い、するね。でも——一つ、約束して」

咲子さんが、いつも以上にかすれた声で言った。

「鎌田先輩や、奈々恵と話すとき——事故の生々しい話に、なりかけたら——全力で、自分を守って。茜ちゃんは、私と同じ——交通事故の、被害者だから。思い出しちゃダメ。茜ちゃんの、トラウマが再発したら――私が後悔する。そのことは、咲子から聞いてますって――すぐ、話題を変えるの。いい？」

分かりました、と茜は大きく頷いた。責任感を垣間見せながら、同時にこちらを優しく包み込もうとする口調に、咲子さんが十二歳も年上のお姉さんであることを改めて実感する。

握ったままだった咲子さんの手を、そっと離した。動かすことのできない彼女の手には、当たり前のことだけれど、ちゃんと血が通っていた。伝わってきたその温もりが、茜の腕を通り、心臓に飛び込み、瞬く間に全身に広がっていく。

窓の外で、門が開く音がした。

トイレットペーパーのパックを手に提げた多恵子さんが、暑い、暑い、と独り言をいいながら、家の敷地に入ってくる。もうじき五月も終わる。梅雨が始まる前に、ありったけの日差しを地上に浴びせてやらんとばかりに、太陽が輝きを増している。

今日はホット柚子茶はやめてオレンジジュースにしてもらおうか――と、咲子さんが途切れ途切れに、元通りの穏やかな微笑みを浮かべて言った。

＊

土曜日の朝八時五十分に、茜は家を出た。

おばあちゃんには、咲子さんの高校時代の知り合いに会ってくるのだと、正直に話した。来月の文化祭の準備で学校に行くことにしようかとも考えたのだけれど、三年生にもなるとクラス単位で仕事が回ってくるのは当日の飲み物やアイスクリーム販売くらいで、部活や委員会に所属していなければ他の準備に駆り出されることもない。まるきり嘘をつくのは忍びなくて、咲子さんに頼まれ事をしたと説明すると、「それって、ボランティアの活動の域を越えてるんじゃないの?」とおばあちゃんは案の定顔をしかめた。

それ以上特に小言を言われることなく送りだしてもらえたのは、相手との待ち合わせ場所が家のすぐ近くのカフェで、一時間以内には戻ると伝えたからだろう。でも、咲子さんの知り合いというのが男性だと話していたら、引き止められていたかもしれない。昔の女性ならではの考え方なのか、おばあちゃんは異性との関わりについて少し潔癖なところがあるから、相手の性別については上手くぼかしておいた。

休日の朝の静けさに包まれながら、普段学校に行くときと同じ道を辿る。大通り沿いのカフェまでは、家から徒歩五分程度だった。有名チェーンの系列ではあるものの、あちこちに大きな観葉植物の鉢が据えてあり、広いウッドデッキのテラス席が欧米風の雰囲気を醸し出している、このあたりでは一番お洒落な一軒家カフェだ。そんなお店が近所にあっていいね、とたまに言われることがあるけれど、一杯五百円からという値段設定は高校生には高すぎるし、そもそも一緒に来るような地元の友達もいない。茜が小学校に入学した春にオープンして以来、店内に足を踏み入れるのは、案外まだ三、四回目だったりする。

歩道に面したテラス席にいるのは、いつも朝から新聞を読んでいる常連のおじいさんだけだった。ガラス戸を入り、恐る恐る店内を見回すと、窓際のテーブル席に一人で座っている、紺色のランニングウェア姿の男性と目が合った。男性が右手を軽く上げ、左手に持っていたコーヒーの紙カップを置いて、椅子から立ち上がる。

「鈴木茜ちゃん？」

「あっ……はい」

「鎌田です。はじめまして」

朝のランニングの途中で立ち寄ったのか、顔や首筋にはまだうっすらと汗をかいているのに、不思議と清潔感を感じさせる人だった。身体にぴったりとした半袖のウェアから筋肉質な腕が伸び、こげ茶色に染めた髪にはパーマがかかっている。ＩＴ系の企業に勤めている、とＳＮＳのプロフィールに記載されていたことをふと思い出した。咲子さんの先輩ということは、もう三十歳になっているのだろうけれど、その前情報がなければ二十代にしか見えない。おじいちゃんや高校の先生以外の大人の男性と普段関わりのない茜は、つい気後れしてしまう。

「何飲みたい？　朝から暑いし、ドリンクはアイスでいい？　俺、朝ご飯まだだから買うけど、茜ちゃんは要る？」

呼び出したのは茜のほうなのに、大人の男性である鎌田にすっかり主導権を握られ、気がつくと目の前のテーブルにアイスカフェラテとドーナツが二つ並んでいた。なけなしのお小遣いを入れた財布を取り出そうとするも、「いいよ、これくらい全然」と首を横に振られてしまう。

「ドーナツ、よければどうぞ」

「でも私、朝ご飯を……」

「うん、もう食べたんだよね。もしお腹いっぱいで要らなければ、俺が二つとも食べるから、そのまま置いといて」

にこやかに緩めた唇からは、日に焼けた肌と対照的な白い歯が覗いていた。白いお皿の上のドーナツには、一方は溶かした砂糖が、もう一方はチョコレートがかかっている。「二つもいっぺんに食べられるなんて、甘党なんですね」と茜が驚くと、「美味しい店のしか食べないけどね。コンビニスイーツや袋入りのアイスは昔から買わない派」という答えが返ってきた。ランニングの趣味があることからしても、糖質やカロリーの摂取量には普段から気を使っているのだろう。

こんな朝早くから、こんな格好でごめん、と鎌田は両手を合わせた。家に小さい子どもが二人もいるため、朝のランニングということにでもしなければ、土日の外出をなかなか奥さんに許してもらえないのだという。鎌田の見た目が若いせいもあるのだろうけれど、咲子さんと同年代の人たちはもう結婚して子どもがいたりするのかと、その事実に内心驚いた。そして、彼の妙に言い訳めいた口調からして、ＳＮＳで突然連絡してきた茜にこうして快く会ってくれたのは、もしかすると茜が女子高生だったからかもしれないと、やや軽薄そうな印象も抱いた。

どういった文面にするか延々と悩んだ挙句、簡単な自己紹介と用件を記載したコメントをＳＮＳ上で送信したのは、咲子さんの家から帰ってきた木曜の就寝前のことだった。朝起きると、鎌田からのフォロー通知とダイレクトメッセージが届いていた。やりとりをするうちに、お互いの家の最寄り駅が同じで、このカフェが面している大通りは鎌田のランニングコースになっていることが分かり、さっそく、仕事や学校が休みの土曜朝に待ち合わせることにしたのだった。

砂糖のかかったドーナツをほおばりながら、鎌田が目に好奇の色を浮かべて尋ねてくる。

「茜ちゃんって……咲ちゃんの親戚(しんせき)？　従妹(いとこ)か何か？」

「あ、いえ、私はただの地域のボランティアで」

鎌田が不可解そうに眉を寄せる。そういえば、事前のやりとりでは、咲子さんの知り合いであることしか伝えていなかった。「おはなしボランティア」を始めた経緯をかいつまんで説明すると、「その近所のおばあちゃんの行動力がすげえわ」と鎌田は苦笑いしながら重美さんを称(たた)えた。

「ボランティアかぁ。高校生なのに偉(えら)いね。今日だって、わざわざ俺に会ったりしてさ。咲ちゃんに頼まれたんでしょ？」

「その……咲子さんが、ものすごく、いい人なので。言い出したのは、私のほうなんです。大好きな咲子さんのためなら、なんでもやってあげたくなっちゃって。じゃなきゃ、会ったこともない人に連絡してこんなところで話を聞くなんて、とてもできません」

初対面の男の人と正対して緊張が高まりすぎたせいか、咲子さんへの愛を激白するような言葉が口から飛び出してしまう。しまった、と思ったときには、鎌田は困ったようにテーブルに目を落としていた。変な女子高生だと引かれたことだろう。この調子では先が思いやられる。

茜は気合いを入れ直し、鎌田朋哉に改めて確認した。

「鎌田さんは、咲子さんの高校の先輩なんですよね」

「そう。学年が一つ上」

「咲子さんが事故に遭った当時、交際中だったって聞きました」

「交際中……そうだね、まあ。確かに、付き合ってたね」

先ほどまでとは打って変わって、鎌田の口調は歯切れが悪かった。

「咲ちゃんが俺に訊きたがってるのって、そのこと？」

そのこと、というのが具体的に何を指すのかよく分からなかったけれど、急に冷静になった鎌田の表情に気圧（けお）され、弾みで頷いてしまう。すると鎌田は「そうかぁ」と口元を歪（ゆが）め、弱り切ったように額に手を当てた。

「もう、十年以上も経つしさ。俺だって、奥さんも子どももいるんだよ。咲ちゃんは事故で時が止まってるのかもしれないけど、こっちは自然消滅したもんだとばかり思ってたし、若い頃のことを今さら持ち出されてもっていうか——」

「あの……鎌田さん？」

何か勘違いさせてしまったようだと察し、現在の咲子さんの状態を説明する。事故前後の記憶が曖昧で、当日自分が誰と会って何をしていたのかも、それどころか鎌田と本当に交際していたのかどうかも忘れてしまっていると話すと、鎌田はあからさまに安堵の表情を浮かべた。

「なるほどね。そういえばメッセージにも、咲ちゃんは記憶障害があるって書いてくれてたもんな。ごめん、早とちりした。咲ちゃんがあのときのことをずっと根に持ってて、今さら復縁でも迫ってくるのかと……」

「そんな人じゃないですよ、咲子さんは」

鎌田の言い方が癇に障り、うっかり刺のある口調で返してしまう。鎌田も気まずそうに黙り込み、コーヒーの紙カップに手を伸ばした。店内に流れる陽気なＢＧＭが、二人の間にやけに大きく響く。

「あの、鎌田さん。今、『根に持ってて』って言いましたけど……事故の直後に、本当だったら咲子さんとデートする予定だったんですよね。その日、咲子さんとの間に何かあったんですか？　恋人だったはずの鎌田さんがどうして一度もお見舞いに来てくれなかったのか、咲子さんも、咲子さんのお母さんも、全然理由が分からなくて戸惑ってるみたいでした。だから、知りたいんだと思います。心残りを解消したいんです、きっと」

「本当のことを知ってすっきりしたい、ってわけ？　でも、なんで今さら」

「事故の日からずっと、咲子さんはベッドに寝た状態のまま、一人で考え続けてたんだと思います。首から下が麻痺しちゃって、自分のほうから鎌田さんに会いにいくこともできないから、長いあいだ胸にしまっておくしかなかっただけで。咲子さん、きっと寂しかったんですよ。鎌田さんに会いにきてほしかったんですよ。今さらとか言わずに、教えてください。咲子さん、頑張ってるんです。毎日大変な思いをしながら、一生懸命生きてるんです」

訴えかけるうちに、いつの間にか茜が涙目になっていた。〝夜の私〟がメモに残した『鎌田朋哉』の文字を思い出す。交通事故に遭ってから十二年間、長いこと文字を書いていなかったせいなのか、線が薄くてわずかに震えている、バランスの悪い文字。咲子さんはいったいどんな気持ちで、記憶の彼方にある元恋人の名前を、あの付箋に書いたのだろう。

茜の涙に気がついたのか、鎌田が焦ったように両手を胸の前で振った。

「いいよ、話すって。別に隠してるわけじゃないんだ。ただ、昔のことを蒸し返すことになるし、咲ちゃんにも悪いかなって。重い障害と闘って、ただでさえ苦労してるだろうに、わざわざ追い打ちをかけるようなことしたくないだろ」

「追い打ちって……そんなに、深刻なことがあったんですか？」

「ああ、いや、つまらない話だよ、若い頃のさ」

若い頃、という言葉を再び強調しながら、鎌田が椅子の背に寄りかかって腕組みをした。

事故の直前まで親密にしていたはずなのに、その後は咲子さんの様子を窺いにくる気配もなく、のちに多恵子さんが連絡を入れてもついに姿を現すことはなかった元恋人。その事前情報からして、今日の話が気分のいいものになりそうにないことは予期していた。だけどやっぱり、いざ目の前で鎌田朋哉に苦い顔をされると、胸の鼓動が途端に速まりだす。

「単刀直入に言うと、百パーセント、俺が悪いんだ」

諦めて開き直ったような口調で、鎌田がガラス窓の向こうのテラス席を眺めながら言った。

「事故の日に何があったのかって言うけどさ……何もなかった、っていうのが正しいよ。俺と咲ちゃんはその日、デートの約束をしてた。駅付近で落ち合って、夕飯でも食いにいって、甘いものでも食べてぶらぶらしようか、くらいの感じだったかな。事前に喧嘩もしてないし、俺と咲ちゃんとの間に他のトラブルが起きたわけでもない。でも……これは、待ち合わせの直前に事故に遭って救急車で運ばれた咲ちゃんが、一切知らないはずのことだけど――あの日俺は、約束をすっぽかして家にいた」

「えっ……どうして？」

「二股（ふたまた）をね、かけてたんだよ。咲ちゃんのほかに、もう一人。というか、そっちの子のほうが本命で」

　茜が大きく目を見開くと、鎌田はバツが悪そうな顔でこちらを一瞥（いちべつ）し、また窓の外に目をやった。

「あの日、咲ちゃんとのことがさ、その本命の彼女にバレたんだよ。もう、めちゃくちゃに怒られてさ。そのとき俺も反省して、浮気はやめにしようって決めたんだよな。これからは一途（いちず）な男になろうって」

「それで……咲子さんとのデートをドタキャンしたんですか」

「ドタキャンというか、連絡も入れずにただ家でゴロゴロしてたんだから、ひどい話だよな。待ち合わせ時刻の直前に事故が起きた結果、俺の最悪な行動は咲ちゃんにバレなかったわけだけど、本命の彼女の手前、お見舞いに行って謝るとかもしづらくてさ。『厚浦咲子の親御（おやご）さんが彼氏のお前に会いたがってるぞ』って、わざわざ高校の先生から電話がかかってきたときはびっくりしたけど、今度行けたら行きますって住所だけ聞いて、迷った末にメモをゴミ箱に捨てちゃった。で、それっきり」

二つ目のドーナツは、二人のどちらもが手をつけないまま、お皿の上に頼りなく転がっている。

「社会人の今なら、いくら関係が気まずくても、一度くらいお見舞いに行くべきだって分かるよ。俺はその場に居合わせなかったとはいえ、デートの待ち合わせ場所は事故現場の交差点のすぐ近くで、咲ちゃんはまさに俺と会うために横断歩道を渡ってたんだろうから」

「咲子さんは……鎌田さんが待ち合わせ場所にいないと知らずに……」

「まだ若かったんだ、あの頃は」

鎌田が乱暴に後頭部を掻いた。

「本命の彼女を取ると決めたとしても、約束をすっぽかすなんて非常識な真似はしないで、電話でもメッセージでもきちんと入れるべきだった。そうしたら咲ちゃんはあの日、あの時間に、事故現場の交差点を通らずに済んだかもしれない。もしくは待ち合わせ場所に顔を出して、直接別れ話をすべきだった。そうすれば、咲ちゃんが横断歩道を渡ってくるのに気がついて、大声を出して危険を知らせるか、もしくは一秒でも早く俺が救急車を呼べたかも――」

いや、と自分の言葉を否定するように、鎌田朋哉がゆっくりとかぶりを振る。

「そもそも、俺の意思が弱かったのがいけないんだな。咲ちゃんといい感じの雰囲気になったからって、二股をかけようとさえしなければ、デートの約束自体をせずに済んだ。咲ちゃんは何も悪くないんだ。当時、俺がフリーだと思い込んで近づいてきたはずだし、本命の彼女がいたことは今でも知らないと思う。今さらどの面下げてお見舞いにいけばいいんだって、気まずくて顔も見せられないまま、いつの間にかこんなに時間が経ってた。後悔してるよ。今はもう妻子のいる身だから、咲ちゃんのところに直接謝りにいくことはできないけど、ごめんと伝えてほしい」

もしかすると、そのときの本命の彼女というのが、今の奥さんなのだろうか――鎌田の口ぶりから、そんなことを考えた。高校時代の話だから、違うかもしれない。でも、関係が続いていてのちに結婚したとしても、おかしなことではない。三十歳か三十一歳で子どもが二人いるということは、結婚は比較的早かったのだろうし。

二人が座る席の周りでだけ、またＢＧＭが大きくなった。

鎌田がチョコレートドーナツに手を伸ばした。柔らかい生地を口に押し込むようにして、たった二口で食べきり、ふてくされたように残りのコーヒーを飲み干す。

「だから言っただろ。咲ちゃんに悪い、って。正直、今さら無理に本当のことを告げる必要もないと思うんだ。本人が何も知らないなら、曖昧なままにしとくのも手だよ。昔のケータイ小説みたいに、彼氏の俺が不治の病で倒れて会いにいけなかった、みたいな綺麗な作り話に仕立ててくれてもいいし――って、茜ちゃんは世代じゃないか」

縁起でもない冗談はやめてほしい、と明確に嫌悪感が芽生えた。この鎌田という人は、上辺だけは爽やかな大人の男性だけれど、本質はそうではない。咲子さんが今、どんな身体の状態で、どんな生活をしているか、ろくに想像もついていないのだ。だから、不治の病だなんて、不謹慎な軽口を叩けるのだろう。

軽薄そうな雰囲気は最初から感じていたたし、過去に浮気をしていたという事実からも、誠実な人であるわけはない、のだけれど。

「大丈夫ですよ」

気がつくと茜は、鎌田朋哉に向かって、上辺だけの笑顔を作っていた。

「そもそも咲子さんは、鎌田さんと付き合っていたこと自体、すっかり忘れてるんですから。好きな気持ちだって、まったくありません」

「ああ、そうだったね。じゃ、別に大したダメージにもならないか。俺のことは、茜ちゃんの好きに話していいよ」

大人というのは、つくづく都合のいい生き物だ。

半分以上飲み残していたアイスカフェラテを一気にストローで吸い上げ、茜は会釈を一つして席を立った。

睡眠不足のせいか、また、軽い立ち眩みがした。

＊

朝起きると、まず机に駆け寄る。そこに置いてあるピンク色の付箋を手に取るところから、茜の一日は始まる。

『人気のフルーツタルト、わざわざ買ってきてくれてありがとう！　十七歳の誕生日に食べて以来だと思うから、十三年ぶりかな。あのお店のケーキ、今も変わらず美味しいんだね。茜ちゃんに気にかけてもらえて私は幸せです。』

ゴミ箱を見ると、綺麗に畳まれた白いケーキの箱と、プラスチックのフォークが捨ててあった。茜は小さく鼻歌をうたいながら、丈が短めの白いチュニックと淡いピンクのショートパンツに着替え、部屋を出て階下に向かった。あれ、まだギリギリ五月だよね、とカレンダーの日付を思い浮かべてしまうほど明るい、真夏のような晴天が窓の外に広がっていることもあって、朝から気分爽快――のつもりだったのだけれど、居間でおばあちゃんと顔を合わせると、たちまち眉をひそめられた。

「顔色、すごく悪いわよ。やっぱり眠れてないの？」

「うーん、自分ではよく分からない、というか……」

「ここのところ、真夜中の足音は聞こえないけどな」食卓について新聞を広げていたおじいちゃんが、首を傾げながら天井を見上げた。「茜ちゃんがこれだけ疲れて見えるってことは、知らないうちに身体が覚醒してるんだろう。困ったもんだ、早く治るといいんだが」

おじいちゃんの口ぶりからして、〝夜の私〟である咲子さんが相変わらず深夜に出歩いていることはバレていないようだった。ドアの鈴と階段の軋みの攻略法を教えたのが、無事功を奏していらしい。

台所と居間を忙しく往復していたおばあちゃんが、トーストと炒り卵（いりたまご）が載った平皿を三枚、ダイニングテーブルに並べる。茜も箸やコップを出すのを手伝った。おじいちゃんが新聞を丁寧に畳み、いただきます、と率先して両手を合わせるのに女二人が続く形で、平日より約二時間半も遅い日曜の朝食がスタートする。

言われてみれば、連日の睡眠不足のせいで、身体の調子は限界に近づきつつあるようだった。手元がおぼつかず、炒り卵が箸から皿にぽろぽろとこぼれ落ちる。牛乳のコップを倒しかけて「危ない！」とおばあちゃんに声をかけられたり、二人の話す言葉が右の耳から左の耳へと抜けていって、「大丈夫か？」とおじいちゃんに顔を覗き込まれたりもした。

そんな中、昨日に引き続き今日の午後にも出かける予定が入ったと切り出すのは勇気が要った。おじいちゃんは茜の予定に干渉するつもりはないようだけれど、案の定、おばあちゃんはいい顔をしなかった。咲子さんが高校時代に親しくしていた別の知り合いに会うのだと話すと、おばあちゃんは困ったようにため息をついた。

「茜ちゃん、ちょっとのめり込みすぎじゃない？　人のために善意で行動するのは素晴らしいことだけどね、そのせいで自分を顧（かえり）みなくなるのはよくないわよ。受験生で、体調もこんなに崩してて、その上ボランティアまで……どう考えても負担（ふたん）がかかりすぎでしょう。休養が必要だって、お医者さんも言ってたじゃない。せめて受験が終わるまでは、ボランティア活動は控えたらどう？　私からも、重美さんや咲子さんのお母様にお伝えしておくから」

「それはやめて！　だってね……その」

　このタイミングで咲子さんとの交流を禁止されては敵わないと、言葉に詰まりつつ、頼まれ事がまだ道半ばであることを強調する。茜が不器用に訴える間、おばあちゃんは終始眉を寄せていた。でもおじいちゃんが「一度請け合ったことは、途中で投げ出しちゃダメだな」と口を出したのをきっかけに、おばあちゃんも諦めたような顔になる。

「じゃあ、頼まれ事が一段落するまでは、好きにやりなさい。そのあとでまた話し合いましょう。ボランティアというのはね、金銭面をはじめとしたあらゆる面で余裕のある人がやることで、身体を壊してまで身を捧げるのは本末転倒なんだから……今、高校三年生というこの時期に、一番優先すべきものは何なのか、茜ちゃんもよく考えてみて」

　おばあちゃんの言うことはもっともだった。D判定の並んだ模試の成績表を思い出して、気落ちしてしまう。うちは決して裕福ではないのに、バイトもせず、多額の奨学金も借りずに大学まで行かせてもらえるのは、二人のおかげなのだ。茜の大学進学後の学費や生活費を稼ぐために、定年退職後も介護タクシーの運転手として働き続けているおじいちゃんの顔を、急に直視できなくなった。

　うん、と俯いたまま首を縦に振り、残りの朝ご飯を食べた。睡眠不足のせいで日に日に減退していく食欲を無理やり奮い立たせ、トーストを口内に押し込む。吐き気が込み上げてくるのは、咲子さんが夜中に味わったフルーツタルトが、茜の胃の中に滞留しているからかもしれなかった。

心配されると分かっていながらも、昼食は要らないと伝えた。祖父母の心配そうな視線を振り切るようにして、二階の自室に戻る。襲いかかってくる眠気のせいで勉強に集中できず、たびたび首を垂れて仮眠を取っていると、日曜の昼の時間は飛ぶように過ぎていった。

ショルダーバッグを下げ、午後二時過ぎに家を出る。鎌田朋哉と会ったカフェを通り過ぎ、大通りをまっすぐ歩いて駅に向かった。駅前の交差点で例のごとく赤信号に引っかかり、渡った先の歩道をぼんやりと眺めて待っていると、少し先にあるケーキ屋さんからオレンジ色の袋を提げた人が出てくるのが見えた。

昨日の夜、午後七時半の閉店時刻間際に滑り込むようにして、フルーツタルトを五十円引きで購入したのを思い出す。茜自身が夜食に食べるつもりだとおばあちゃんには言い訳し、付属の保冷剤をこっそり冷凍庫に入れておいて、就寝前にケーキの箱とともに自室へ持っていった。今朝のメッセージを見る限り、これまでに用意したどのお菓子よりも受けがよかったようだ。反応がいいと、もっと喜ばせたくなる。でもさすがに胃がもたれているから、今日の夜に部屋に置くのは飴かグミくらいにしておこう、と決める。

信号がようやく青になり、待っていた歩行者が四方から一斉（いっせい）に渡り始めた。斜（なな）めに横断する自転車と接触しないよう警戒しながら、かつて両親の命を奪った交差点を渡り切り、ケーキ屋さんの前を通り過ぎて行く手の駅を目指す。

保谷奈々恵からSNS上でダイレクトメッセージが返ってきたのは、昨日の夕方のことだった。

『ごめん、全然見てなくて今気づいた。明日の三時にここでどう？』――初めてやりとりするにしてはずいぶんと砕けたメッセージの末尾に添えられていたのは、お洒落なハワイアンカフェのURLだった。電車で三十分ほど行ったところにある大きな駅の、すぐそばにあるビルに入っているらしい。

時間と場所の一方的な指定に戸惑いつつも、茜は承諾の返信をした。図らずも土日に二日連続で外出することになったため、おばあちゃんに何を言われるかと思うと憂鬱だったけれど、保谷奈々恵の連絡先を知っているかどうか鎌田に訊けばよかったとちょうど後悔していた矢先だったから、奈々恵の返信は渡りに船だった。

家族連れの多い電車に揺られ、目的地の駅に到着する。幸いにも定期券の区間内で、交通費がかからないのは助かった。目が回りそうな人混みを抜け、駅ビルに入ってエレベーターでレストランフロアに向かう。奈々恵に指定されたハワイアンカフェは、フロアの奥のほうにあった。頭上にある木製の看板に、大きな英文字で店名が書かれている。

「あの……タカハシ……さんの名前で予約があると、思うんですが」

店頭に出てきたベージュのエプロン姿の男性店員に恐る恐る話しかけると、入り口近くのソファ席に案内された。その名前で予約を入れたということだけ、奈々恵から事前に聞いていた。おそらく、鎌田同様、すでに結婚しているのだろう。

人気店なのか、店内は満席のようだった。五分が経過し、待ち合わせ時刻になった。さらに五分と少しが経った頃、浅黒い肌に明るい茶髪の女性が、入り口に姿を現した。首を伸ばした茜と目が合うと、接客に出向こうとしている店員と目を合わせようともせず、細身のジーンズを穿いた長い脚でこちらへ闊歩してくる。

「茜ちゃんで合ってる？」

「あっ、はい」

「待たせてごめんね。駅に早く着いたから、余裕ー、とか思って一服してたら時間過ぎてたわ」

保谷奈々恵が向かいの席につくと、かすかに煙草の臭いが漂った。彫りの深い顔に濃いメイクを施している、日本人離れした雰囲気の女性だ。黒い毛糸のような素材で作られた、編み目が粗いニットのトップスを身につけていて、その下の黒いタンクトップからは豊かな胸の谷間が覗いている。スマートフォンを握った右手には、赤やら青やらの大きな装飾のついた指輪がいくつも嵌っていた。

こういうタイプの女性が現れるとは思っていなくて、艶やかな肌を思わず見つめてしまう。すると奈々恵は自らの腕を撫でながら話しかけてきた。

「いい色っしょ？　日サロで焼いたの」

「日サロ……ああ、そうなんですね」

「ハワイアンジュエリーとか好きでさ。焼いたほうが似合うと思うんだよね。だってハワイの人ってそんなに肌白くないし」

早口で言うなり、奈々恵はメニューに目を落とし、勢いよくページをめくり始めた。やっぱパンケーキかなぁ、ロコモコって何だっけ、ドリンクセットあんのかな――矢継ぎ早に繰り出される独り言に口を挟めずにいると、「茜ちゃんもパンケーキ？」と突然質問される。生クリームが山盛りのメニュー写真を見ただけですでに胃が悲鳴を上げていたため、茜はパイナップルジュースのみ注文することにした。

伝票を手にした店員が去っていくと、奈々恵はグラスの水を一気に飲み干し、興味深げに店内を見回した。

「へえ、こういう感じのお店なんだ。地元の友達と来る約束してたんだけど、この時期にまさかのインフルにかかったとかで出てこれなくなっちゃってさ。せっかく前から予約してたのになーって若干凹(へこ)んでたときにたまたまメッセージ見たから、つい誘っちゃった。女子高生なら喜んでくれるかなって」

「お友達と来る予定、だったんですね。てっきり保谷さんがあのあと予約してくださったのかと……あ、すみません、今は高橋さんなんでしたっけ」

茜が訂正すると、奈々恵は一瞬きょとんとした表情をしたのち、手を打って大声で笑い始めた。

「違うよ、結婚してないって。高橋はインフルにかかった友達の名前。保谷が旧姓だと思ったか、なるほどねー」

そんなに可笑しかったのか、奈々恵はずいぶん長く肩を揺らしていた。「ま、未婚とはいえ十九で子ども産んだシンママだけど」「えっ！」「っていうとみんな騙(だま)されるんだよねー。外見のせい？」とさらにおちょくられ、茜は赤くなってしまう。

　正直、保谷奈々恵がこういうタイプの人間だったのは心底意外だった。咲子さんの元親友だというから、真面目で堅実そうな女性を想像していたのだ。メッセージのやりとりの段階で違和感を覚えてはいたものの、いざこうして顔を合わせてみると、衝撃がなかなか冷めやらない。

　だけど、よく考えてみれば、咲子さんと奈々恵が親しくしていたのは高校生の頃の話だ。大学デビューなんて言葉もあるくらいだから、高校を卒業してから雰囲気が百八十度変わる人はいくらでもいるだろう。茜の中学の同級生にも、高校入学を機に銀縁眼鏡(めがね)をやめてカラコンを入れ、髪も脱色して夜な夜な彼氏とバイクの二人乗りをしていると噂の子がいる。

　パイナップルジュースとトロピカルアイスティーが運ばれてきた。奈々恵が注文したチョコバナナパンケーキは、焼き上がりまで二十分ほどかかるという。おいしっ、と赤い唇でストローをくわえたまま呟いた奈々恵は、ふと思い出したように尋ねてきた。

「そういえばここ、遠かった？　どこに住んでんの？」

「咲子さんと同じ――」

　自宅の最寄り駅の名前を口にすると、「おお」と奈々恵が目を丸くする。

「じゃあ、ブライダルの専門があるの、分かるよね？」

「大通り沿いの、駅から十五分ちょっと歩いたところの……」

　六時間授業などで夕方に下校した日は、最寄り駅に着いてから、専門学校の学生たちと大通りでよくすれ違う。

その光景を頭に思い描きながら答えると、「それそれ」と奈々恵はこちらに人差し指を向けた。

「あたしも、そこの出身。今はドレスコーディネーターやってて。結婚式を挙げる新婦さんに、ウェディングドレスを選んであげる仕事ね。――って、咲子から聞いてる？」

「あ、そうだったんですね！　咲子さんからは、高校の親友としか……」

咲子さんも興味を持っていたブライダル専門学校の卒業生と聞いて、奈々恵の格好の謎が解けた。大通りでよく目にする学生たちは、髪の毛も服装も色とりどりで、華やかな中にそれぞれの突き抜けた個性をいつもさりげなくちりばめている。今日の奈々恵の黒いニットのトップスからも、ただ露出が多く派手なだけではない、昭和レトロな編み物のような雰囲気がどことなく漂っていて、いわゆるギャルとは一線を画しているような気がしていたのだ。

高校三年生のときに咲子さんが事故に遭わなければ、二人は一緒に専門学校に進学していたのかな、と思うと、ちょっと切なくなる。

「親友？」トロピカルアイスティーを飲む奈々恵が、太く書いた茶色い眉を上げた。「って、咲子が言ってんの？」

「そうですけど……違うんですか？」

「まあ、違わないというか、高校のときは確かに親友だったけど……うん、まあそうだね、高校の親友って言い方、確かにばっちり合ってるね。バンド好きとか、ファッションに興味があるとか、よく気が合ってさ、学校でも放課後もいつも一緒にいたし」

奈々恵の言葉の取り繕うような響きに、茜は内心首をひねった。不自然な印象は抱いたものの、どう突っ込めばいいか分からず迷っているうちに、再び奈々恵に場を持っていかれてしまう。

「今さら咲子のことで呼び出されるなんて思わなかったなー。咲子はあたしなんかに何を訊きたいわけ？　事故の後に高校の担任から電話もらったのになんでお見舞いに行かなかったかって話なら、その理由は咲子が一番よく分かってるだろうに。今日は、知らない女子高生から突然連絡が来て、メッセージで変に匂わせるもんだから、つい気になって来ちゃったけどさ」

　思わせぶりな態度を取ったつもりはなかったため、そう言われて驚く。茜がメッセージに記載した用件は、『咲子さんが訊きたいことがあるそうで、代理で私が出向くのでお会いできませんか』だけだった。それ以上の事情を詳しく文章で説明できる自信がなかったからなのだけれど、その簡潔さが逆に相手の好奇心をあおってしまったらしい。当時浮気という裏切りを働いていた鎌田朋哉が、茜の打診に二つ返事で応じたのも、咲子さんの希望に添おうとしたというよりは、元恋人のことで見知らぬ女子高生が連絡してきたという事実そのものに興味をくすぐられたのかもしれなかった。

　虚しさを覚えつつ、ひとまず咲子さんと自分の関係や、咲子さんの現状について説明することにする。ボランティアとして咲子さんに惹かれて仲良くなっていった経緯を語る間、奈々恵は「あー」「うんうん」などと気のない相槌を打ちながら聞いていたが、咲子さんが事故前後の記憶をあらかた失くしていると話すと、困ったように鼻の頭に皺を寄せた。

「あー、まじか。なんにも覚えてないわけ。そういうことか。なるほどね」

つけ爪と思しき長いエメラルドグリーンの爪で、奈々恵がグラスの表面についた水滴を引っ掻く。

「じゃ、教えてあげるよ。咲子が車に轢(ひ)かれたとき、あたし、すぐ近くっていうか、道路のわりと目の前にいたんだけど――」

「ちょっといいですか！」

咲子さんとの約束を思い出し、いきなり核心に入ろうとする奈々恵の言葉を慌てて制した。車に轢かれた、という直接的な言葉が引き金となって、すでに心臓の鼓動が速くなりかけている。

茜自身も交通事故の被害者であるため、事故の生々しい話は避け、直前まで咲子さんと会って何をしていたかを含め、高校時代の思い出のことだけを話してほしい。そう伝えると、奈々恵は「あっそう」と拍子抜けした様子で言い、「パンケーキを食べながらする話でもないしね」と店員を急(せ)かすように厨房(ちゅうぼう)を見やった。

「どこから話せばいいんだろ。緩い高校だったねー。進学校で生徒がしっかりしてるってわけでもないのに、こっちを締めつけるような校則はなんにもなくて、なかなか楽しかったな。テストで赤点さえ取らなければ、宿題も補習も何にもないし」

しばらくの間、咲子さんと過ごした高校時代の思い出話が続いた。二人で一緒に軽音楽部に入り、咲子さんはギターボーカル、奈々恵はベースを担当したものの、奈々恵は練習嫌いが祟り、ゴールデンウィーク明けには部活に行かなくなってしまったこと。それでもクラスが一緒だったことや、趣味嗜好が似ていたこともあり、咲子さんとの友人関係はその後も長く続いたこと。体育祭、文化祭、マラソン大会。二人でカラオケに行ったことや、映画を見にいったこと。学校帰りにどこに寄っても教師に叱られることがないため、放課後にはよく学校近くのカフェで長々と駄弁っていたこと。

　事故の生々しい話は避けてほしいと言ったものの、いつになったら本題に入るのだろうと密かに焦れていると、生クリームとチョコとバナナが山盛りにされたパンケーキの皿が運ばれてきた。お待ちかねの品を奈々恵がじっくりと味わう姿を一分間ほど見せつけられたのち、唐突に、話が事故当日の状況へと飛ぶ。

「あの日もさ、なんていうか、いつものあたしたちの感じだったな。授業が全部終わった後、帰り道にあるカフェに寄って、一時間くらい喋ってた。『相談したいことがある』って前日にメッセージで言われてたからさ」

「咲子さんから？」

「そう。何かと思ったら、咲子が高校の先輩に告白されて付き合い始めたっていう報告。しかもその先輩っていうのが、あたしが高一のときから一途に片想いしてた軽音楽部のイケメンでさ」

「もしかして……鎌田朋哉さんですか」

「え、何、鎌田先輩のこと知ってんの？　やだなぁ……って、あ！　まさか二人は未だに付き合ってるとか？　結婚した？」

　奈々恵の思考が急に飛躍する。面食らいながらも丁寧に否定し、つい昨日会ったばかりだと打ち明けると、奈々恵は興味津々の様子で、鎌田の近況について根掘り葉掘り尋ねてきた。あまり詳しいことは知らないが、ＩＴ系の企業に勤めていて、結婚して小さな子どもが二人いるようだと話すと、奈々恵は忌々しそうに舌打ちをした。

「人生勝ち組じゃん！　逃がした魚が大きい？　っていうの、なんかそんな感じで気分悪いわ。いやまあ、逃がす以前に、あたしは捕まえたこともなかったわけだけど」

「それで……あの」

「ああ、咲子とのことね。そっからはもう修羅場よ。大喧嘩。そりゃそうなるでしょ、だってあたしは高一のときから、咲子に恋愛相談をしてたんだもん。いくら申し訳なさそうな顔したって、こっちはふざけんなってなるよ、片想いの相手がよりによって親友と、でしょ？　たぶんカフェのお客さんたち、思いっきり引いてただろうね。軽く営業妨害だったんじゃないかな。最後は先にあたしがカフェを飛び出して、咲子が追いかけてきて、振り払おうとして駅に向かって歩いて……でもそれでもしつこくついてくるから、あたし、いきなり立ち止まって、何も言わずに元来た道を引き返そうとしてさ。そこが交差点の手前だったってわけ」

　咲子さんは奈々恵が回れ右したことに気づかず、もしくは気づくのが遅れ、そのまま横断歩道を渡り始めた。そこで事故に遭った、ということなのだろうと理解する。

「じゃあ……事故の通報は、保谷さんが？」

「ううん。周りから人が集まってくるのが見えたから。あたし、逃げた。その場から。めちゃくちゃ遠回りして違う道を通って、駅から電車に乗って家に帰った」

奈々恵が握っているフォークに刺さっていたバナナが、皿の上にぼとりと落ちた。

「一つ言い訳すると、音がすごかったから、最初は車同士の事故だと思ったんだよね。事故の瞬間は後ろを向いてたし、もう夜で真っ暗だったから、そのへんよく見えてなくて、というか見るのも怖くて。あのときの自分の感情って、頭が真っ白になってたこと以外全然思い出せないんだけど……直前まで喧嘩してた相手が目の前で事故に遭ったかもしれないって現実に、どう向き合えばいいか分かんなかったんだろうね。だって自業自得とか思っちゃうじゃん、怒鳴り合いの大喧嘩の途中なわけだからさ。車同士の事故だろうから咲子は何ともないはず、もう横断歩道を渡り終えて向こう側に辿りついてたはずって無理やり信じ込んで、家に帰って布団かぶって震えてた。最悪だし、ほんと大人げないよね」

「そうやって、保谷さんが反省してたのなら――」

「お見舞いくらい行けばよかったのにって？　そうなんだよ。つまらない意地なんて張らずに、行けばよかったんだよね。でも私、咲子が友情じゃなく恋愛を取った時点で、もう親友としての縁を切られたんだと思ってた。これは絶交ってことなんだろうな、って。もちろんさ、二人が付き合ったのは、今考えれば仕方ないことなんだよ、咲子は幽霊部員とはいえ最後まで軽音楽部に残ってたから、鎌田先輩との距離も近くて、むしろあたしは咲子のおかげで先輩との接点を持ててるようなものだったし、そもそも咲子は先輩に告白されちゃった立場なわけで、オーケーするか、断って先輩を傷つけるかの二択しかなかったわけだし……」

あーあ、と奈々恵が天井からぶら下がった照明を見上げてしかめ面をする。

「ってか、どう考えてもあたしがひどいよね。『先輩が咲子のことを好きならしょうがない、応援してるよ』ってあたしがあのときすぐに言えてれば、あんなに長々と大喧嘩をしなくて済んだ。咲子はあそこで事故に遭って寝たきりにならなかったし、友情も続いたのかも」

「それは……」

なかなか難しいことじゃないか、と思う。茜は奥手で恋愛経験がほとんどないから、自分に置き換えて考えることはできないけれど、恋愛と友情の狭間で壊れていく人間関係というのは、中学や高校の教室でもたくさん見てきた。

だけど――と、目の前でパンケーキを食べている保谷奈々恵に、茜は静かな怒りを覚える。

一度張った意地を、そのまま張り続けなくたってよかったじゃないか。

咲子さんは、ベッドに横たわったまま、ずっと、親友の来訪を待っていたかもしれないのに。

結局鎌田朋哉と咲子さんの付き合いは続かなかったのだから、たった一度お見舞いにさえ行けば、わだかまりが解けて、また元通りの仲に戻れたかもしれないのに。

「もし、咲子さんが、保谷さんと久しぶりに会いたいって言い出したら……今からでも、顔を見せにきてくれますか」

「今日の話、咲子に伝えるんだよね？　そしたら、会いたいと思うわけなくない？　だって、友情より恋愛がよっぽど大事なのは、結局あたしも一緒だったってことじゃん」

奈々恵が自嘲気味に言い、大げさに肩をすくめた。

チョコレートソースとバナナの甘ったるい匂いに、煙草の残り香が混じる。

「咲子に言っといて。つらそうな顔で相談してきた親友に対して、ろくに話も聞かずに一方的にブチギレるような頭の悪い女のことは、存在ごと忘れたほうがいいよって」

奈々恵が細長いグラスをつかみ、残りのアイスティーを勢いよく飲み干した。

日焼けした五本の指を飾り立てている、歪な形をした赤や青の大きなガラス玉が、天井の光を受けてひときわ大きく輝き、茜の両目を射抜いた。

*

玄関先で多恵子さんに迎えられ、短い廊下を抜けてリビングに入る。

背もたれを起こした白いベッドの上に、いつものパジャマ姿で座っている咲子さんの顔を見た途端、茜は泣き出しそうになってしまった。

週末から引きずっていた緊張が、不意に解けたせいだろうか。それとも、三日続けて咲子さん関連の予定を入れたことについて、今朝おばあちゃんに特大のため息をつかれてしまったことが、心に引っかかっていたせいか。連日の睡眠不足で身体の疲労が限界に達しつつあるのも、一因かもしれない。

「どうしたの――茜ちゃん」

驚いた顔と、機械の呼吸音の合間に発される、かすれた優しい声。包容力をたたえた目でこちらを見つめている咲子さんは、かわいそうな病人なんかじゃなく、やっぱり紛れもなく、弱い茜を受け止めてくれる年上のお姉さんだった。

別に久しぶりでもなんでもないのに、咲子さんが変わらない笑顔でそこにいることに、深く安堵してしまう。つい気が抜けて、涙腺が緩み、熱い水滴が右の頬を伝った。

「あ、お母さん」

咲子さんが慌てたように、急いで唇を動かした。

「ちょっと――席、外してくれない？」

「あら、なあに？　秘密の話？」

カウンターキッチンの向こうでマグカップを用意していた多恵子さんが、浮かれたような大声を上げる。茜が泣き顔を見せまいとしてベッドと咲子さんの陰に隠れていると、多恵子さんは何を勘違いしたのか、「高校生ってそういう時期よねぇ。私も戻りたいわぁ。終わったら呼んでね」などと夢心地の口調で言い、リビングを出て二階へと上がっていった。

「咲子さん……」

困った、涙が止まらない。

茜はようやく、自分の本心に気がついた。――昨日も一昨日も、心底嫌だった。高校生の頃の咲子さんに対して二股という裏切りを働いた鎌田朋哉や、口では反省したようなことを言いながら、すでに過去の人となった咲子さんとの仲を修復する気などさらさらなさそうな保谷奈々恵の話を聞くのが。

「もしかして——鎌田先輩や、奈々恵のこと？」

はい、と茜は両目を拭いながら何度も頷いた。この土日に彼らに会ったということだけは、付箋のメッセージで事前に報せてあった。

「二人は——何て？」

「あの……咲子さん、私……」

「全部、教えて。どんな内容でも——いいの、本当のことが——知りたいの」

咲子さんは、澄んだ目をしていた。迷ったけれど、やはり話さないわけにはいかなかった。鎌田が無責任に促してきたように、嘘で塗り固めた美談を勝手に作り上げるのは、茜の身体に乗り移ってまで真実を突き止めようとしていた咲子さんに対する一番の裏切りになってしまうような気がした。

鎌田と奈々恵から聞いた話を、茜は洗いざらい、正直に伝えた。鎌田は実は二股をかけていて、本命の彼女に止められたため当日の約束をすっぽかしていたこと。奈々恵は片想いの相手をめぐる大喧嘩の末に咲子さんと絶交したと思い込み、怒りと混乱のあまり事故現場から逃げ出していたこと。そして二人とも、全面的に自分の非を認めていたこと。

——百パーセント、俺が悪いんだ。

——ってか、どう考えてもあたしがひどいよね。

鎌田と奈々恵の反省の言葉を強調して話すと、咲子さんは物思わしげに目を伏せた。お見舞いにきてもらえなかったのは咲子さんのせいじゃなく、身勝手な二人のせいだったと伝えて勇気づけたかったのだけれど、やはり落胆させる結果になってしまったようだった。

「ご、ごめんなさい！　私が変なふうに首を突っ込んだせいで……」

「ううん――いいんだよ」

茜が制服のスカートのひだを握りしめたまま頭を下げると、頭上から穏やかな声が降ってきた。

「茜ちゃんが、頑張ってくれたおかげで――自分一人じゃ、辿りつけなかったことに――辿りつけたから。鎌田先輩は、かっこいい人だったし――奈々恵が片想いしてたのも、なんとなく覚えてるから――二人の気持ち、分かるよ。なんで私、そこで恋愛を――取っちゃったんだろうね」

「高校の頃って、あると思います、そういうの。現役高校生の私が言うのも、変かもしれないですけど」

「いろいろ、未熟だったのかな。私も、周りも。でも、二人に――恨まれてたわけじゃなくて、よかった。これで、心残りがなくなったよ」

咲子さんの言葉を聞き、胸が軽くなる。少しでも喜んでもらえたのなら、勇気を出して行動した甲斐があった。鎌田や奈々恵に会いたいと言われたらどうしようかと思っていたけれど、吹っ切れたような表情を見る限り、その心配もなさそうだ。

だけど同時に、寂しさの波も押し寄せていた。頼まれ事が一段落するまでは好きにやりなさい、というおばあちゃんの言葉が、耳の中で木霊する。

「茜ちゃん、本当に――ありがとうね。じゃ、お母さんを呼ぼっか」

「その前に、お話ししたいことがあって」

茜は心を決め、今日二つ目の本題を切り出した。意図していたよりも深刻な声色になってしまったせいか、咲子さんの顔がわずかに翳る。

「と、いうと――〝夜〟のこと、かな？」

「そうです。私、もともと、身体が強くなくて。高校生になって通学時間が長くなってからは、しょっちゅう体調を崩して学校を休みがちになるくらい、本当に体力がないんです。そのうえ今は受験生で、重美さんに誘われたのがきっかけで『おはなしボランティア』も始めて、それなのに睡眠時間が前より減って身体がボロボロになっちゃって……実はお医者さんにもおばあちゃんにも、休めって言われてるんです。咲子さんと交流するのはものすごく楽しくて、できることなら減らしたくないんですけど、ボランティアと〝夜〟の協力、さすがに両方は続けられないかもなって――」

「うん、分かった」

咲子さんは、茜がいつか音を上げることを予期していたようだった。苦渋の決断をするかのように、鼻の頭に皺を寄せつつ、続く言葉を絞り出す。

「茜ちゃんの、身体を――夜中に借りるの、もうやめるね。大変だったよね。でも、楽しかったよ。今までありが――」

「受験が終わるまでの間、ボランティアのほうをお休みしていいですか？」

茜が早口で言い切ると、咲子さんは乾いた唇を半開きにしたまま、ゆっくりと目を丸くした。

一つだけ選ぶとしたら、どちらにすべきか。

考えるまでもなく、茜の中で、とっくに答えは決まっていた。

「〝夜〟を、優先するのがいいと思うんです。そのほうが絶対、咲子さんは楽しい時間を過ごせますよね。お気に入りの服を着たり、お菓子を食べたり、スマホをいじったり、ダンスの練習をしたり――入れ替わりなんて現象、いつなくなるかも分からないので、今のうちに好きなこと、いっぱいしておいてほしいんです。こうして直接会えなくなるのは寂しいですけど、付箋とかスマホのメモ機能を使えばやりとりはできますし、多恵子さんに聞かれる心配がないぶん、むしろ楽になりますし」

「そんな、でも――」

「これまでみたいに毎晩身体を貸すのは難しいかもしれないですけど、一日や三日にいっぺんなら、私も早寝したりして頑張りますので。あ、おじいちゃんとおばあちゃんにバレなければ、気晴らしに夜の散歩を続けても大丈夫です！　ただ補導されたりしたら嫌なので、あんまり駅のほうには行かないようにして、あとはなるべく大人っぽい服装をしてもらえたらな、って」

咲子さんはしばらく、呆気に取られたような表情をしていた。きっと、昼と夜との二重生活で疲れ果てた茜に、苦情を申し立てられると思っていたのだろう。

そんなこと、するはずがない。だって、毎朝学習机に置かれている付箋のメッセージは、茜が今日を生きる支えになっているのだから。

「本当に――いいの？」

「私がそうしたいんです」茜はきっぱりと言った。「前に咲子さん、悩んでる私にアドバイスをくれましたよね。何のために受験勉強をするか分からなくても、今は深く考えなくてもいいんだって。全力で取り組むというのは、それだけで素敵なことなんだって。私……次に咲子さんと会うときには、今より一回り成長した人間になっていたいです。ボランティアをいったんやめるのは、そのためのけじめでもあります」

このままだと全部が中途半端になってしまう、という危機感はあった。勉強も、ボランティアも、〝夜の私〟のサポートも。茜は器用に何でもできるタイプではない。それが分かっているから、おばあちゃんもあれほど心配しているのだ。

茜は、寝たきりになる前の、高校三年生の咲子さんに近づきたかった。

部活で花形のギターボーカルを務め、不意に思い立って自宅でウェディングドレスを縫い上げてしまうほどの行動力があり、最終的に仲たがいしてしまったとはいえ、学校帰りに頻繁にカフェでお喋りをするような大親友がいた、人間的魅力のたっぷり詰まった厚浦咲子さんに。

孤独で退屈だった高校生活を、今からやり直すのは難しい。だけど全力で受験勉強を頑張った先には、茜自身が生まれ変われる新たな大地が待っているのではないか。ベッド上の咲子さんと何度も会話するうちに、なぜだか、そんな前向きな考えが芽生え始めていた。

「なーんて、おばあちゃんにこれ以上叱られたくないだけかもしれませんけどね。私のために働いてくれてるおじいちゃんにも悪いし……」

「応援するよ」

人工呼吸器が〝吐く〟タイミングに合わせ、咲子さんが力強く言った。

「茜ちゃんには——未来があるから。今は、とても大事なとき。私の代わりに、好きな学校に行って——好きな職業に、就いてほしいな。急がなくたって——どうせ私は、ここにいるしね。ずっとこの部屋の、ベッドの上」

歌詞づくりでもしながら気長に待ってるよ、と咲子さんは微笑んだ。茜もほっとして、照れた笑みを返した。

二階にいる多恵子さんに階段の下から声をかけ、リビングに呼び戻す。茜がボランティアを休止する旨を報告すると、「秘密の話って、そのことだったのぉ」と多恵子さんは何度も残念そうに頰に手を当てていた。

母娘ともども、つくづくいい人たちだ。

大学受験が終わったら、また絶対に会いにこよう。

固く胸に誓い、茜は九回目の「おはなしボランティア」を終えた。上唇と下唇を二回触れ合わせるさよならの挨拶に後ろ髪を引かれつつ、色とりどりに咲いた庭の花々を横目で眺め、雨の降りだしそうな曇り空の下を歩き出す。


それからというもの、茜は模範的な高校三年生として日々の生活を送るようになった。

夏休みにはオープンキャンパスに自ら足を運び、教授や現役学生の話を熱心に聞いて、受験する大学や学部を絞った。第一志望の国立大学に合格するにはまだまだ偏差値が足りないと知り、朝から晩まで、勉強に全精力を傾けた。

人が変わったようだと、祖父母にはひどく驚かれた。それでも、早寝の習慣だけは続けていた。咲子さんのためだった。彼女が時たま自分の身体を使って、今も真夜中の自由時間を楽しんでくれていると思うと、事故の後遺症であれだけ怖がっていた眠りの時間を迎えるのが、もはや喜びになりつつあった。睡眠薬を飲んだわけでもないのに、日に日に、寝つきはよくなっていった。

咲子さんからの付箋のメッセージは、最初の二週間ほどは、一日か二日おきに机に置かれていた。ただ、梅雨真っただ中の六月中旬、朝方に雨に濡れながら帰宅してきた〝夜の私〟が家の前で祖父母に捕まり、茜が再び心療内科に引っ張っていかれる事件が発生してからは、咲子さんは急に鳴りを潜めるようになってしまった。

就寝前にメモを残しても、返事はなかった。毎日身体の調子がいいことや、起床時の部屋の様子に変化がないことからして、どうやら咲子さんが入れ替わりを遠慮しているようだと察したのは、ずいぶん経ってからのことだった。茜はそれを、今は勉強に集中できるようにという彼女の気遣いだと受け止めた。

時に寂しさに襲われたものの、けじめをつけると宣言した手前、あの居心地のよすぎる厚浦家を訪ねることはしなかった。気長に待ってるよ、という咲子さんの温かい言葉を、タイムカプセルに入れた小さな宝物のように、茜はいつも大事に胸に抱いていた。

咲子さんとの交流を再開するのを楽しみに、夜はぐっすりと眠り、昼間は目標に向けて努力する。参考書に面白い豆知識が載っていれば、次の「おはなしボランティア」のために書き留めておき、彼女に合格を報告する第一声はどんなものにしようか、自作の歌詞を受け取ったらその後どうやって作曲を進めていこうかなどと、先のことを夢想する。

そんな生活を、季節がほぼひと巡りするまで続けた。

虫の知らせなど、少しもなかった。

*

行ってくるね、と台所で洗い物をしているおばあちゃんに声をかけ、茜は廊下に走り出た。

解放感の三文字が、身体の隅々まで染みわたっていた。壁に這わせた右手の指先が軽やかに動く。苦しい冬だった。だけど春にはきちんと花が咲いた。我慢に我慢を重ね、ようやくつかみ取った結果を真っ先に報告したい相手は、一におばあちゃん、二におじいちゃん、そして三に、ずっと会いたかったあの人だった。

「茜ちゃん、どこに行くの」

玄関で靴をつっかけていると、くぐもった声が台所のほうから聞こえ、廊下に続くドアが音を立てて開いた。手についた水滴をエプロンの端で拭いながら、おばあちゃんがこちらに近づいてくる。洗い物の水音に紛れて用件が聞こえなかったのかな、と一瞬考えたけれど、それにしてはずいぶんと険しい顔をしていた。茜がどこに行くのか分かった上で引き止めようとしているのだとしたら、こちらにだって言い分があった。

「咲子さんのところ。会ってきてもいいでしょ？」

「待って、茜ちゃん」

「なんで？　受験、やっと終わったのに」

そう言いながら、施錠されていた鍵を開け、曇りガラスの嵌った玄関の引き戸に手をかける。

おばあちゃんが何かを言った。

え、と茜は訊き返し、おばあちゃんを振り返った。

「咲子さんはね、去年の夏に……亡くなったのよ。もういないの」

その言葉をもう一度聞き終わった瞬間、指先が固まった。

亡くなった？　もういない？　どうして？

わけが分からず、茜は玄関に立ち尽くしたままおばあちゃんを見上げた。知らないうちに頬を伝った涙が、タイル張りの三和土に落ちる。

「何言ってるの……おばあちゃん」

「私も、知ったのは今年に入ってからでね。一月の半ば頃、ちょうど茜ちゃんが登校日で家にいないときに、咲子さんのお母様が重美さんと一緒にわざわざ訪ねていらして……ほら、その頃ってもう、入試の真っ最中だったでしょう。ご葬儀はもう内々で済ませてしまったみたいだし、大事な時期に茜ちゃんを動揺させないようにっていうお母様のご意向もあってね、話すのは受験が全部終わった後にしようって……」

深夜に人工呼吸器の管が抜ける事故があったらしいと、おばあちゃんは目を伏せて話した。管が抜けると大きなアラーム音が鳴るのだが、二階の寝室のドアを開けて眠っていた多恵子さんの耳にはすぐに届かず、異変を察して駆けつけたときにはもう手遅れだった。付きっ切りの介護から解放された多恵子さんが、十数年ぶりに耳鼻科に行ったところ、両耳の聴力が著しく落ちていて、特に高音が聞き取りづらくなっていることが判明したという。

「去年の六月半ば、だったそうよ。お母様はひどく責任を感じて、娘さんが亡くなったことをしばらく誰にも話せなかったらしくて……だから、うちにいらしたのが年明けになったのね」

その後の言葉は、耳に入ってこなかった。

六月半ば――付箋のメッセージが机に置かれなくなり、茜の身の回りから咲子さんの気配が消えた頃だ。

彼女のことは、同じ身体を共有する、二人で一人の仲間だと思っていた。

原理はよく分からないけれど、不思議な赤い糸で、自分たちの魂は強固に結ばれているのだと。ちょっとくらい会わなくても、深いところで心が繋がっていれば、二人の距離は決して開くことがなく、あの心地よい姉妹のような関係にいつでも戻ることができるのだと。

それなのに、どうして気づけなかったのだろう。

咲子さんが受験生の茜を慮って入れ替わりをやめたわけではなく、もうとっくに、この世からいなくなってしまっていたことに——。

彼女との再会の日を待ち望み続けた九か月間が、脆く、細かく砕けて海岸の砂になる。それが幾粒もの涙に姿を変え、降り始めの雨のように、灰色のタイルを濃い灰色に染めていく。

「どうして？　どうして教えてくれなかったの、どうして……」

わずかに開いた引き戸の隙間から、強い春風が吹き込み、何も知らなかった茜を笑うかのように、足元の塵を舞い上げた。

第二部　夜のはなし

私は、じっと見つめている。

真っ白い天井を。静かな部屋でひとり、ベッドに横たわって。

動かないことは苦痛だが、もう慣れている。刺激なんて何もない。求めてもいない。ここでただ寝ているということ、それが人生のすべてだ。いつか消えてなくなる日がくるまで、無機質な天井を眺め、夜の黒を映し出す窓に目をやり、一人で微睡む。代わり映えのしない日々が、見えない糸でベッドに縛りつけられた身体に、絶えず重くのしかかっている。

覚醒していても、取り残された負の感情に苛(さいな)まれるほかない。だからできるだけ、意識を水面下に沈めておく。眠気はそう都合よく訪れないが、静かに目をつむっていれば、苦しみから解放される瞬間は必ずやってくる。眠りの世界に吸い込まれているときだけは、私は私を知覚せず、心の平静を無邪気に保っていられる。

だから一生、この部屋を、このベッドを出ることなんてない。

そう、思っていた。

つい半日前までは。

眠れずにベッドに横たわっていた私は、ようやく決意を固める。強烈に惹かれるあの場所に行こう、と考える。

初めて自分の意思で上半身を起こし、ベッドの縁に腰かけるようにして両足を床につけた。恐る恐る立ち上がると、少しだけ身体がぐらついた。全身の筋肉を自分でコントロールしなければならないというのは、慣れれば大したことではないのかもしれないが、どうしても神経を使う。仕方のないことだ。気が遠くなるほど長い間、ベッドの上でのみ生活していたのだから。

家の者に気づかれないよう注意を払いながら部屋を出て、玄関に向かった。途中、小さな物音を立ててしまったが、家族が起き出してくる気配はない。

外に一歩出る。

窓越しにしか見ていなかった夜が、確かな温度と匂いを運んでくる。

五月初旬の夜の空気は、洗濯したてのタオルケットのようだった。熱すぎもせず、冷たすぎもせず、厚みのある柔らかい感触で、露出した首筋や足元を包み込んでくる。

似たような家々が立ち並ぶ住宅街は、静謐(せいひつ)さに満ちていた。暗いアスファルトに溶けてしまいそうな色の猫が道を横切り、私はしばし足を止める。

そして再び歩き出す。

向かう先は、ここから徒歩十分ほどのところにあった。さすがに深夜二時を回っているから、住人とすれ違うことはない。今夜にでも一人で訪れることになるかもしれないと思い、昼間のうちに、道順は意識して頭に入れていた。おかげで迷うことなく、目的の一軒家の前に辿りつく。

木のフェンスで囲まれた小さな前庭がある、外壁がクリーム色に塗られた、小ぢんまりとした家。

銀色の表札には、『厚浦』という黒い文字があった。

今日の昼間に鈴木茜が初めて訪問した、ボランティア先の一軒家だ。

ためらいもなく、私は門扉を押し開けた。蝶番が軋み、わずかに首をすくませる。誰かに見咎められないかと、視線を左右に向けた拍子に気づいた。前庭に面した掃き出し窓が五センチほど開けられていて、網戸になっている。

確かリビングの窓だ、と私は靄のかかった記憶を辿った。今どき不用心にもほどがある、と厳しい祖母に育てられた鈴木茜なら考えるだろう。その点、厚浦家の母親は、昔ながらの防犯意識の持ち主のようだった。ベッドから一歩も出ることのできない娘のために、夜風の心地よい季節には、少しでも爽やかな空気を取り入れてやりたい――そう思う気持ちは、私にも分からなくはない。

花壇の花を踏まないように気をつけながら、前庭に足を踏み入れた。

電信柱の外灯の白い光が、私の黒い影を家の外壁に落とす。

薄ピンク色のカーテンが、ほんの少し開いていた。リビングには、ほのかなオレンジ色の灯りがともっている。薄暗い部屋の中ほどに、ひときわ白く、横長の長方形が浮き上がっていた。

少し考えて、人工呼吸器の液晶画面だと分かる。

介護用ベッドは、昼間見たときよりも、床に対して水平に近い角度でリクライニングされていた。薄手の布団が、人の形に盛り上がっている。幅の広いベッドとダイニングテーブルとでいっぱいになっているリビングに、彼女の母親が布団を敷くスペースはない。予想していたとおり、この部屋で寝起きしているのは彼女一人のようだった。

もし仰向けに寝ているのなら、首から下が動かない彼女は、多少物音が聞こえたとしても、こちらに視線を向けることができないだろう。そう思い込んで、遠慮なく網戸に近づき、今夜私をここに導いた女性の姿を目に入れようとする。

その直後、私は気づいた。彼女は分厚い抱き枕に半身を預けるようにして、こちらを向いてベッドに横になっていた。

彼女が眠そうに目を開けた。

ガラス越しに、視線が交わる。

厚浦咲子は大きく目を見張り、乾いた唇をぎこちなく動かした。

「……茜ちゃん？」

ほんの少し金属的な響きの交じる、聞き取りづらい、かすれた声。

どうしたらいいのか分からず、私はその場に固まった。まさか見つかることは想定していなかった。彼女は介護される身だ。別室に寝ているとはいえ、母親の多恵子が娘の話し声を聞きつけて、今にも飛んでくるのではないか。

その恐怖が顔に出ていたらしい。機械によって強制的に管理された規則正しい呼吸音の合間に、咲子はこちらの懸念を察したように、「大丈夫だよ」と声を発した。

「うちのお母さん――耳が、遠いの。来てくれたとき、声が大きいなって――思わなかった？　本人は、気づいてないの。ちょっとずつ、悪化してるのに――指摘する人が、いないから」

言われてみれば、鈴木茜が森末重美に連れられて半日前にここを訪れたとき、厚浦多恵子は終始大声で喋っていた。半分閉ざされた意識の中で、うるさいな、と思った記憶がある。陽気な性格ゆえかと思っていたが、難聴が進行していたせいだったのかと納得する。原因は加齢かもしれないし、娘の介護疲れによるものかもしれない。

「茜ちゃん――じゃ、ないのかな」

ガラスの向こうで、抱き枕に頰をつけた咲子が目を瞬いた。

私はためらったのち、小さく頷いて、彼女の直感を肯定する。

「まさか双子？　ではないよね」

「違うよ」

「そっか」咲子は目配せするように、私を短く見つめてから、黒い瞳を横に動かした。「とりあえず、入っておいで。平気だよ、さっき――体位変換、してもらったばかりだから。お母さんは、二階で寝てる。静かにしてれば――絶対、気づかれない」

注意深く思い返してみれば、この小さな家の一階に、リビング以外の部屋はなさそうだった。深夜も介護に起きるとなると、本来なら娘の近くで寝るべきなのだろうが、間取りの関係でやむを得ず、離れた部屋で寝起きしているのに違いない。

促されるがまま、木製の踏み台の上で靴を脱ぎ、慎重（しんちょう）に網戸とカーテンを押し開けて中に入る。ベッドと窓のあいだには隙間がほとんどなく、苦労しながら反対側に回り込んだ。昼間に鈴木茜が座っていた折り畳み式の丸椅子に腰かけたところで、首から下が麻痺している彼女が、自力ではこちらを向けないことに気づく。

窮屈でも、窓際にいたほうがよかっただろうか。むしろ庭に立ったままのほうが話しやすかったのではないか。いやそれだと、近所に声が聞こえてしまうかもしれない。

黙ったまま逡巡していると、「そこでいいよ。見えるよ」と咲子の声がした。顔を上げると、ガラス窓に映った咲子と目が合った。中に入るとき、私が後ろ手に閉めた窓が、いい具合の鏡となり、彼女と私の視線とを仲介している。

「はじめまして、でいいのかな。それとも、会うのは二回目？」

咲子が好奇心を隠さずに訊いてくる。茜ではないとすぐに見抜かれたのは意外だったが、身体をコントロールする人格が違えば、表情や仕草も違ってくるものなのかもしれない。口を開けば、おそらく声色も、口調も、言葉選びも、すべてが。

「二回目だけど、実質、はじめましてかな。昼間のことは、半分くらいしか覚えてないし」

「じゃあ、やっぱり――茜ちゃんではあるんだ。雰囲気が――全然、違うけど」

「そう。中身が別人ってだけ。解離性同一性障害ってやつ。知ってる？」

ややぶっきらぼうに問いかけると、ううん、と咲子は否定の声を上げた。「二重人格とか多重人格って言ったら？」とさらに畳みかけたところ、今度は「それなら、イメージつくかも」という答えが返ってくる。

鈴木茜が持つもう一人の人格だ、と私は自己紹介した。

茜ではない。だが、特に名前があるわけではない。誰にも呼ばれる必要がないからだ。

主人格である鈴木茜が眠っている夜の間だけ、交代人格である私が現れる。ベッドでできるだけ長く睡眠をとる――その退屈で苦痛な時間だけを任された私は、他の人間と交流することがない。よって、名前は要らない。ほしいと思ったこともない。

鈴木茜の精神から切り離される形で私が生まれたのは、もうずいぶん前のことだった。

小学生だった茜が、交通事故に巻き込まれた。後部座席で寝ている間に車同士が衝突する事故が起き、両親を亡くしたのだ。その後彼女は母方の祖父母に引き取られたものの、睡眠という行為を極度に怖がるようになった。まぶたを閉じれば事故の光景がフラッシュバックする。眠れば両親が死んでしまう。恐怖があまりに膨らみ、精神の限界を迎えた幼い茜は、心理的な防衛反応として、夜の睡眠を代行してくれる別人格を生み出した。

凄まじい事故の記憶と、当時の生々しい感情とを私が一手に引き受けると、茜はすぐに安心して入眠できるようになった。それ以来、茜は毎晩良質な睡眠がとれていると思い込んでいるようだが、残念ながらそうではない。彼女が夢を見ないのは、ぐっすり朝まで眠れているからではなく、人格が交代している間の記憶が丸ごと抜け落ちているからだ。トラウマや睡眠障害が治ったわけではなく、その苦行をただ私に押しつけているだけだということに、茜は未だに気づいていない。

「そうなの？　茜ちゃんは――あなたのこと、知らないの？」

私が大まかな説明を終えると、咲子は細い両目を限界まで見開いた。やっぱり母親の多恵子が声を聞きつけて起き出してくるのではないかと、思わず心配になってしまうが、二階から人が下りてくる気配はない。

「うん、何も。交代人格の私には、主人格のときの記憶がぼんやりあるけど、主人格のほうはまったく気づいてないから。だって、トラウマから逃れるために私を作ったんだもんね。その記憶が残ったら意味ないいんだよ。解離性同一性障害って、そういうものなんじゃないかな」

解離性同一性障害、という精神医学用語を私が知ったのは、主人格である茜が中学生の頃、祖父母とともにテレビの連続ドラマを見ているときのことだった。茜の人格が表に出ている間の記憶は曖昧なことが多いが、その医学用語だけは鮮烈に、私の意識に飛び込んできた。そうして私は、自分が事故のトラウマを逃がすために生まれた交代人格であることを知った。

窓ガラスに映った咲子は呆然(ぼうぜん)としている。どうやら、私の話にショックを受けているようだった。

「交通事故って——私も同じ、だよ」

「らしいね。あの重美っておばあさんが、茜に話してたよ」

「明るくて優しそうな、茜ちゃんに——そんな過去が、あったなんて」

「そりゃ、今の茜と話しても分からないって。あの子は両親のことをとっくに乗り越えたつもりでいるんだもん。実際は事故後一か月の時点で私がほとんどの負の感情を引き受けてたんだから、つらく感じないのは当たり前。じゃなきゃ、今ごろ壊れてたと思うよ」

「あなたは――つらくないの？」

「つらいというか、憂鬱かな、だいぶ。でも心が壊れるほどじゃない。事故の記憶ははっきりあるし、怖いとも思うけど、死んだのは茜の親であって、私自身はそこまで思い入れがないし。あくまで他人事、って考えるようにしてる。『明るくて優しそうな』茜とは違って、けっこう冷たいんだよね、私」

　トラウマに耐えるために生まれた人格なのだから、打たれ弱くては意味がない。だから私のような性格の人間ができあがったのだろう、と考えると、なんと都合のいい存在かと、足元から虚しさが這い上がってくる。

「いつも、こうやって――夜にお散歩、してるの？」

　お散歩とは、ずいぶんと能天気な表現だ。私は首を横に振り、「勝手に出歩いたのは初めて」と告げた。

「どうして？　せっかく――どこへでも行ける、身体なのに」

「夜中に変な行動をしたら、精神科に連れてかれて、医者に治療されちゃうかもしれないでしょ？　人格が統合されれば、私は主人格の茜に吸収されることになる。むやみに動き回って、茜や家族に気づかれたくないんだよね。こんなつまらない毎日だし、生きてる意味もよく分からないけど、存在ごと抹消（まっしょう）されるとなると、それはそれで恐ろしいし」

「じゃあ――普段は、ベッドで――じっと、寝てるだけ？　どこにも行けずに――私みたいに？」

「そうだよ」私は短く答える。「いつか消えてなくなる日まで、ひたすら」

「一緒だ。似た者同士――だね、私たち」

窓ガラスに映る咲子が、初めて笑みを浮かべた。

「だから今日は、勇気を出して――外に、出てきてくれたの？　私と、お喋りするために？」

「そうだよ」

「ベッドから、出られなくて――自分では、何もできなくて――私には身体なんてなくて、脳だけの――思考だけの――お化けみたいな、存在なんじゃないかって――そんなふうに怖くなること、ある？　眠れないとき、とかに」

「あるよ。ほぼ毎晩」

「私も、いっぱいある」

咲子は終始平板な調子で喋るため、トーンの違いを聞き分けるのが難しいが、心なしか声を弾ませているようだった。話したいことがたくさんあるのに、人工呼吸器がそうさせてくれないもどかしさが、彼女の微動だにしない背中から伝わってくる。

私とよく似た運命を持つ、ベッドに寝たきりの、厚浦咲子という女性。

今までに経験したことがない感情が、私の中にわきあがり始めていた。

苦しくないのに、熱い。苛立っているわけでもないのに、激しい。

これを、鈴木茜や、世の人々は、共感と呼ぶのだろうか。

「あなたとは――分かり合えそうな、気がする。あ、もちろん、茜ちゃんも――悪い子じゃ、ないんだけどね。でも、ボランティアさんって――やっぱり、立場が違うから。あなたとなら――本当に、分かり合えそう」

「そう言ってもらえると、来た甲斐があったかな」

「ねえ、何て呼べばいい？」

いつまでも「あなた」じゃ不便だもんね、と咲子はおどけたように言った。

だが私は、その問いに対する適切な回答を持ち合わせていない。

私はいつだって、〝鈴木茜の別人格〟に過ぎなかった。今夜ここに来るまで、この世界に私という人格が存在すること自体、十年以上、誰にも知られていなかった。「あなた」と直接呼びかけられることさえ初めてで、くすぐったく感じられるくらいだ。

私が黙りこくっていると、「じゃあ、私が――名前、つけてもいい？」と咲子が嬉しそうに尋ねてきた。断る理由もなく、「どうぞ」と促す。

ずっと寝たきりで、有り余る時間を消化するために思考の権化にならざるを得ない彼女のことだから、決めるまでには相当な時間がかかるのだろう、と思いきや、咲子はすぐに口を開いた。

「『サキ』。どう？」

「……え？」

「漢字じゃなく、カタカナで。紛らわしい、かな」

「別に異論はないけど。どうして？」

「もう一人の私に、なってほしいから」

彼女の言葉の意味が分からず、私は無言で首を傾げた。その姿が、オレンジ色の灯りに照らされて窓ガラスに映る。それを見た彼女が、名前の由来をゆっくりと説明する。

「私ね、羨ましいんだ。茜ちゃんの、健康な身体を――自由に、使えるのが。私には、できないでしょう。だから、これからは――いろんなこと、やってみてほしいの。夜のお散歩、楽しんじゃおうよ。ね？　お願い。ここから動けない、私のためにも、さ。だってせっかく、部屋から――出てきてくれたんだもん。私もサキに、なったつもりで――何をしたいか、一緒に考えるから」

名付け親らしく、彼女は私を呼び捨てにした。

私も彼女を、咲子、と呼ぶことにする。

年齢は茜の一回り上のようだけれど、交代人格に年齢なんて関係ない。実際、自分が厚浦咲子より年上とも、年下とも思えなかった。

仲間を求めてここにやってきて、切実な希望を託されることになるとは思わなかった。

物理的にベッドから動けない、咲子。

リスクを冒せば茜の肉体を借りて動き回れる、私。

自分たちはよく似ているが、この一点において、決定的に違っていた。だから咲子は、不自由なくせに健康で空っぽな私に、自身を投影したのだ。

私には過去がない。無色透明な人間だ。何色にも染められる。

サキという名前が与えられた今、鈴木茜だけでなく、厚浦咲子の分身としても、私の単調だった人生は動き出し始めていた。

私は席を立つ。いくら咲子の母親の耳が遠いとはいえ、茜の身体を借りて家を出てきてしまった以上、ここに長居するのがよくないことは分かっていた。

「絶対、また来てね、サキ」

こちらの動きを察した咲子が、人工呼吸器が彼女の身体に空気を送り終えるのを待ってから、私に念を押す。

「お母さんは、目覚ましをかけてて——だいたい十一時に寝て、二時と五時に——体位変換に、起きてくるの。だから、その間なら大丈夫」

「分かった」

「次に、来るときは——普段着でね。パジャマのままだと——道で誰かに会ったら、びっくりされちゃうから。茜ちゃん、ピンクが好きなのかな」

指摘を受け、自分の服を見下ろす。上下とも薄ピンク色の、無地のパジャマを着ていた。私が交代人格としてこの身体を支配する深夜から早朝にかけては、常に寝るのに最も適した服装で過ごしているから、外出時にパジャマを着替えようという発想すら起きなかった。

帰り道も誰にも会わないことを祈りながら、私はベッドを回り込み、窓から外に出た。

厚浦多恵子が深夜の来訪者に気づくことのないよう、窓は元通りに五センチほど開けておく。網戸の向こうでは、手を振ることができない代わりに、咲子が静かに上唇と下唇を触れ合わせている。

この人に、また会いたい。

そう痛烈に感じるのはなぜだろう。似た境遇の仲間だから、なのか。

私が他人との交流を欲し、胸が苦しくなるほどに明晩が待ち遠しくなるのは、別人格としてこの世に生み出されて以来、初めてのことだった。

夜の闇に隠れるようにして住宅街を歩き、できるだけ足音を忍ばせて自室に戻る。

これまで自分の頭で考えながら他人と話したことがなかったため、急に疲れが出たのだろうか。もしくは、いつものように眠る努力もせずに、長時間にわたって家の外にいたからだろうか。

ベッドに潜り込むと、すぐに眠気が襲ってきた。

☾

私は、暗い前庭に足を踏み入れる。

靴を脱ぎ、網戸を小さく開け、隙間に身体を滑り込ませる。

こうして深夜に会うのは、もう何回目になるだろう。あえて物音を立てて侵入する私も、それに気づいて顔をほころばせる咲子も、夜ごとの密会に、今ではすっかり慣れている。

「その服、似合うね」

　ベッド脇の狭いスペースを移動し、丸椅子に腰かける私の姿が直接目に入るや否や、咲子は頰を緩めた。今夜は、窓に背を向ける体勢で寝かされている。背中と足の間に挟んだ青い三角形の体位変換クッションが、布団の端から覗いていた。

　襟ぐりのよれた白い長袖Tシャツに、紺色のスキニージーンズという自分の服装を、私は咲子の視線につられるようにして見下ろす。

「褒めてもらっておいて悪いけど、昨日とまったく同じ組み合わせだよ」

「あれ？　そ――」呼吸のタイミングが合わず、彼女の声がいったん消え、また大きくなった。「――うだっけ？」

「ちょっと混乱してるでしょ。今日の夕方、茜が学校帰りに『おはなしボランティア』に来たから」

「ああ、そうだ。いったん、制服姿を見たから――新鮮に、見えたのかも。昨夜は、窓のほうを向いて――喋ってたしね」

　三時間おきに介護に起きてくる母親の多恵子のため、いくらオレンジ色の灯りがつけっぱなしになっているとはいえ、その控えめな光のもとでは、窓ガラスに映る互いの姿は曖昧だ。表情の変化くらいは見て取れるものの、服の色まで記憶に残らないのは当然かもしれない。

「茜がいつも着てる服のほうが、よっぽどお洒落だと思うんだけど」

「ピンクのワンピースとか――ブラウス、でしょ？　サキが、一昨日まで――着てきてたような。確かに全部、茜ちゃんには似合いそう。でも不思議。サキには、今みたいな――シンプルな服のほうが、絶対合ってる」

「そんなことある？　同じ身体なのに」

「やっぱり、サキが好きな服を——自分で選んだのが、よかったんだよ。可愛いピンクは、茜ちゃん。スマートな紺色は、サキ」

そう自信たっぷりに言い切った直後、咲子は不意に何かを思い出したように、申し訳なさそうな顔をした。

「あ、そうだ——サキに謝らなきゃ、いけないことがあって。今日、茜ちゃんと——話してたときにね、ピンクが——好きだよねって、訊いちゃったの。ボランティアに来るとき、いつも——茜ちゃんは、違う服装だったのに。口、滑らせちゃった。変に思われたかな」

「茜は筆箱もシャーペンもピンクだけど、それも見たことない？」

「ここでは、出してないと思う」咲子が不安げに眉尻を下げる。「それに、毎日来てくれて——ありがとう、なんてお礼を言っちゃって——昨日は来られなかったです、って——訂正されちゃったり、もして」

「仕方ないでしょ。確かに私、ほぼ毎晩来てるもんね。中身だけ違う人間と何度も別々に会ってたら、記憶がごっちゃになるのは当たり前だよ」

「ごめんね」

「別にいいってば。初めからリスクは織り込み済み。それに茜だって、まともな判断はできてないと思うし。私が夜な夜なここに来てるせいで、死ぬほど寝不足みたいだから」

「茜ちゃん――大丈夫かなぁ」

「私がここに長居するの、やめたほうがいいと思う？」

「それは――」咲子は先ほどよりも、さらに苦しそうな表情をした。「――私は、いてほしい、けど」

彼女の顔に影がよぎる。滞在時間を短縮するのは、私だって寂しい。だから咲子の誘いに応じて、朝五時に母親の多恵子が起きてくる直前まで、ここに居座ってしまう。

そうすると、日に日に、茜の身体がボロボロになっていく。同じ身体を共有しているから、茜が睡眠不足を感じていることも、受験勉強中によく舟を漕いでいることも、手に取るように分かる。厚浦咲子と時を過ごすか、鈴木茜の体調を慮るか。その二択で迷った結果、私は毎回、咲子との時間を優先してしまっている。

はじめましての挨拶を交わしたあの夜以来、私が咲子のもとを訪れなかったのは、去る日曜の夜だけだ。

連日の睡眠不足が祟ったのか、その夜は珍しく、日付が変わる前に茜が熟睡し始めた。交代人格が表に出た状態で零時（れいじ）過ぎに覚醒した私は、いつもより二、三時間早く厚浦家に向かうことにした。しかし玄関で靴を履こうとしていると、寝室から出てきた茜の祖母に呼び止められた。「こんな時間にどこに行くつもり」という問いかけに、私は「ごめんなさい、寝ます、おやすみなさい」とだけ答えて階段を駆け上がった。茜の祖母と直接会話をしたのは初めてで、部屋に戻った後もしばらく動揺が収まらなかった。

その後は、訪問時刻は午前二時から三時の間にほぼ固定するようにした。耳を澄ませば階下から聞こえてくる、玄関の柱時計が二回鳴る音が合図だ。街が静まり返った未明に行動すれば、茜の祖父母はもう寝ついているし、咲子と過ごす時間も十分に確保できる。

咲子は失言を気にしているようだけれど、私のほうが毎晩、よっぽど危ない橋を渡っていた。まだ咲子には話していないが、昨日の朝方にも、咲子さんちから帰ってきたところを茜の祖母に見つかった。どう言い訳していいものか分からず、話しかけられるのを無視して二階に上がったが、前回思わず敬語で返事をしてしまったこともあり、いい加減怪しまれているはずだ。今朝も茜がそのことを指摘されていたし、そもそも先週から、夜中に歩き回る私の足音は祖母の耳に届いていたようだった。

祖母に再度見咎められたことで、精神状態が正常でなくなっていたのだろうか。昨日はさらに茜に対しても、立て続けにミスを犯した。パジャマに着替えるとき、脱いだ長袖Tシャツとジーンズを衣装ケースの中に戻さず、その場に置きっぱなしにした。そしてその後、すぐにベッドに入る気になれず、机の上に広げてあった英語のノートに気まぐれな落書きをし、それを消し忘れた。

——わたしは、サキ

そう書いたのは、どこかに名前を記載する機会などない私自身の存在を、より確かなものにしたかったからかもしれない。

今日の昼間、その落書きを見つけた茜は、明らかに不審がっている様子だった。まずいと思いつつも、ささやかな快感が胸をよぎったのは事実だ。今、私は生きている。他者に存在を感知されることで、私という人間の輪郭(りんかく)ができあがっていく。

決してリスクを冒さず、十年以上ものあいだ交代人格として潜伏していた私が、そうした新種の喜びを覚えるようになったのは、間違いなく咲子のおかげだった。生まれて初めての話し相手であり、名付け親であり、親友。出会ってからの期間は短いが、咲子がそう言ってくれたのだ。私たち、もうただの友達じゃないね、心の底から分かり合える、親友同士だね、と。

「――どうしよう。茜ちゃんのために、今夜は――少しだけにする？　ちょっとだけ、喋ったら――家に帰る？」

「でも咲子は、私にここにいてほしいんでしょ」

「サキは？」

「私も帰りたくないよ」

「じゃあ、いてよ」咲子は斜め上を向いたまま、安堵の笑みを浮かべた。「私、最近、毎日――サキと過ごせる、夜の時間が――楽しみで、たまらないんだもん」

そう言われると、帰れない。

私自身、ここを離れることを望んでもいない。

「でも、喉に負担がかからない？　毎晩、二時間以上も私と喋りっぱなしで。茜がボランティアに来たとき、会話する体力がなくなるんじゃないの」

「それは、そう」咲子はあっさりと認め、視線を上のほうへ向けた。「だから今日は、別のこと――してみようかな、って」

「というと？」

「音楽は、興味ない？」

無邪気に問いかけられ、私は苦笑いしてしまう。

咲子は、欲のない私に比べて、好奇心の塊のような人間だった。

寝たきり生活に嫌気がさしているせいかもしれないし、もとからバイタリティにあふれる女性だったのかもしれない。サキの好みで服を選んでみてよ、と私を唆（そその）かしたのも咲子だった。高校生の頃に服飾の道に進もうと考えていたことがあり、ファッションには人一倍興味があるそうだ。茜ちゃんのスマホで近所の写真や動画を撮ってきて、と依頼されることもあった。この十数年での街の変化を知りたいのだが、母親の多恵子はデジタル機器に弱いため、なかなか気軽に頼めないのだという。

咲子が「もし自分の身体が動いたなら」やりたいことを考え、「人生経験がなさすぎて何の衝動もわかない」私がそれを実行する。私たちだけの緩やかな時間は、ちょうどいい役割分担で進んでいく。

「うーん、音楽かぁ」

「なんか、嫌そう」私の本心を即座に見抜いた咲子が、悪戯っぽく笑った。「ダメだよ、サキ。何事にも、一度くらい――挑戦してみないと」

「食わず嫌いってやつね」と、今まで一度も自分の意思で物を食べたことのない私は頷く。

「まさにそう。だって、ものすごく難しそうで、私なんかにできるとは思えないし」

「それは、茜ちゃんの――作曲の趣味のイメージが、強いんじゃない？　あの子はすごいよ。パソコンで、本格的な曲を作る――なんて、普通できないもん。私、ＣＤ、毎日聴いてるんだ」

「じゃあ、それ以外の音楽って？」

「いっぱいあるよ。歌とか」

「私が歌うようなタイプに見える？」

「歌詞を、一緒に考えるのは？　茜ちゃんとの――宿題に、なってるやつ」

「茜と二人で作るって約束したんでしょ？　それはさすがに咲子がやってよ」

「ギターは？」

咲子が高校時代に、軽音楽部でギターボーカルを務めていたことは知っていた。ただ、こんな狭い部屋の中で大きな楽器を抱えるという発想がなくて、思わず「へ？」と変な声を発してしまう。

感触は悪くないと判断したのか、咲子は愉快そうに唇の片端を上げた。

「教えるから、持ってきて。すぐに――できるように、なるよ」

「……どこにあるの？　二階なら取りにいけないよ」

「たぶん、そこ。収納の中。ギターが得意な、ヘルパーさんに――この間、弾いてもらったから」

そういう人がいるなら、初心者の私にわざわざ弾かせなくたって、と思わなくもない。

だが、私という人間の中に、小さな好奇心が、確実に芽生えていた。

あんなたいそうなものを、ちょっと練習したくらいで弾けるようになるのだろうか。何もできない私が？　咲子から教えてもらえば、すぐに？

半信半疑で、私は丸椅子から立ち上がり、真後ろにある壁面収納の扉を開けた。楽器らしきシルエットは見えず、ここにはなさそうだと伝えると、黒いソフトケースに入っているからよく探して、と咲子にたしなめられる。もう一度目を凝らすと、壁際に大きな黒い荷物が立てかけられているのに気がついた。壁や扉にぶつけないよう最大限の注意を払いながら、咲子のギターを収納から引っ張り出す。

楽器を触ったことのない私は、彼女に逐一指示をもらいながら、恐々ソフトケースのファスナーを開けた。中に入っていたのは、爽やかなレモン色のギターだった。慎重に取り出したつもりが、長いヘッドがサイドテーブルに当たってしまい、弦が振動して複雑な和音を放つ。

私は身をすくめ、咲子の顔を見た。彼女は可笑しそうに唇をすぼめていた。

「咲子、これ……本当に大丈夫？　大きな音がするんでしょ？」

「エレキギター、だから――平気だよ。アンプに、繋がなければ。力いっぱい弾いたって、私たち以外――誰にも、聞こえない」

「ならいいんだけど」

「じゃあ、持ってみて。脚を組むと、やりやすいかも。あ、ううん、右脚が上。ギターのへこみを、太腿に当てるように。右手で、ジャーンって弾くのね。で、左手で、弦を押さえるの」

自分の両腕を使って、手取り足取り教えられないことを、咲子はややもどかしく感じているようだった。それでも、規則正しい呼吸の合間に簡潔な指示を出し、ギターの持ち方から丁寧に教えてくれる。

始めてみると、思ったより取っつきにくいとは感じなかった。主人格である鈴木茜に音楽の素養があるおかげだろうか。「姿勢、完璧！　右手もその調子」と咲子に褒められて、柄にもなく照れてしまう。

咲子は教えるのが上手かった。何も知らない私が、自分のペースで技術を習得していけるよう、私の手の動きを注意深く観察して、初歩的な部分を繰り返し練習するよう促してくれる。弦やフレットの数え方といった知識も、合間でさりげなく解説する。

それと同時に、単調な特訓に私が飽きてしまわないよう、細やかな配慮も忘れない。――じゃあ、そろそろコード、やってみようか。コードって、左手の指の配置のこと。アルファベットで表すの。簡単なのを四つ覚えるだけで、一応ね、全部弾けちゃう曲があるんだ。『小さな恋のうた』、知ってる？　分かんないか。いい歌だよ。私が初めてギターボーカルをやったのも、この曲だったたんだ。

「まずは――Gを、教えようかな。それとも、Cにしようかな」

「へえ、Aから順番ってわけじゃないんだ」

「サキって、そのへんの知識――茜ちゃんと、共有してないの？」

「頑張れば一緒に覚えられたのかもしれないけど、私には関係ないと思ってたから」
「本当に、興味なかったんだねぇ」

咲子がのんびりと言う。じゃあＡから順番でもいいよ、と彼女が譲歩し、さっそく習い始めてみたが、次のＢで呆気なく挫折した。「人差し指で全部の弦を押さえるって何？　無理に決まってる」と憤る私を見て、「だから、Ｇからにしようって」と彼女がくすくす笑う。すぐに壁にぶつかると分かった上で誘導したのか、と罠にかかったような気分になったものの、咲子とそんなやりとりをするのも楽しく、奇妙なギターレッスンの時間はあっという間に過ぎていった。

ちょっと休憩しよ、と彼女が提案する。

私は介護用ベッドにギターを立てかける。だが左手の指の動きを止めることはしない。Ｇ、Ｄ、Ｃ、Ｅｍ。本当はＢｍというコードも使用するのだけれど、初心者はＤに置き換えても問題ないらしい。教えてもらったばかりの四つのコードを忘れないように、彼女と会話しながら、こっそり膝の上で反復練習を続ける。

「さっき、庭を通ったとき――バラの花、もう咲いてた？」
「バラの花？　よく見えなかった。暗いから」
「あ、そっか」

部屋の内側を向かされたまま、自力で身動きが取れない咲子は、外が真っ暗であることを失念していたようだった。

彼女の代わりに、私は小さな前庭を窓越しに眺めようとする。やっぱり、暗くて何も見えない。主人格の茜の目を通して、庭いっぱいに花が咲く光景を何度か見たことはあるものの、自分が表に出ていないときの意識はどうにもおぼろげだ。その記憶には色がなく、匂いも、音もない。

だが私は、茜が知らないことを知っている。咲子がこの家で母親と二人暮らしをしているのは、両親が別居しているからだという。彼女が事故に遭って寝たきりになる前から、両親の仲はこじれていて、離婚に向けて話し合いが進んでいた。ここの土地が父親の親戚から譲り受けたものだったことから、本当は父親がこの家に残り、母親と娘が追い出されて田舎（いなか）の実家に戻る予定だったのだが、咲子が重度の身体障害を負ったことによって介護するための場所が必要になり、一転して父親がこの家を出ていくことになった。娘と自分の生活費を支払ってもらわなければならないため、母親は離婚を拒み、今も籍は入れたままになっている。

お母さんもこの家を気に入ってるみたいだし、そういう意味では怪我してよかったかも、と咲子は半ば投げやりに笑う。それが本音であるわけがないことを、ベッドから出られない虚しさに耐えてきた私だけは、知っている。

「サキはさ――昼間の世界を、見てみたいって――思うこと、ない？　いつも夜ばかりで、つまらなくない？」

「まあね。そういう意味では咲子が羨ましいよ。お母さんが咲かせてくれた色とりどりの花、このベッドから見えるんだもんね」

「なんか、不思議な感じ。私より、自由がない人なんて――いないと思ってた。でもサキは、特別。私にとって、すごく大切な人」

ベッドに横たわる咲子の表情には、真剣さと愛しさとが同居していた。その感情が私に向けられたものだと理解するたび、強力な磁石（じしゃく）のような何かで彼女に引き寄せられる錯覚に陥る。

同じ境遇の仲間だからだろうと、初めのうちは考えていた。だがこのごろは、主人格である鈴木茜も、似たような心理体験をしていることが分かってきた。単純に、咲子が人を惹きつける能力の持ち主ということか。それだけではないような気がするのは、私が自分のことを、彼女にとって唯一無二の存在と思い込みたいからなのかもしれない。

左手でGのコードの押さえ方を復習しながら、私はうっかり、鈴木茜への対抗心を口からこぼした。

「気のせいかもしれないけど、咲子って、昼間よりも夜のほうが元気そうだよね。表情も自然だし、なんか、いつも本音を言ってくれてる気がする。直接話したわけじゃないけど、昼間はなんというか、ちょっと優等生っぽいというか、猫をかぶってるというか……」

「あ、分かる？」

意外な言葉が返ってきた。

彼女の黒い瞳が、かすかに翳る。

「だって、みんなが――私を、ちやほやするんだもん。看護師さんも、ヘルパーさんも――ボランティアさんも、みんな――私のために、来てくれてる。かわいそうに。事故で、寝たきりだなんて。せめて私が、元気づけてあげよう――そう思ってる。だから私も、ニコニコするの。人工呼吸器のせいで、言葉も――ゆっくりだし、発音も――不正確だから、大人しい性格に――見えるよね。それが、みんなが期待してるとおりの――私。すごく綺麗で、優しい世界。そんなところに――黒いものは、投げ込めない」

「……黒いもの？」

「サキなら、分かるでしょ。誰も、私の本当の気持ちを――理解できるはず、ないってこと」

ほんの少しだけ、何かをはぐらかすような答えだった。

安定しない折り畳み式の丸椅子の上で、私は身体の重心を、わずかに後ろに傾ける。視界がやや広くなり、ベッド脇の光景が目に飛び込んでくる。手すりの下部に吊り下げられた、三分の一ほど中身の入った採尿バッグ。サイドテーブルに放置された、歯磨き後に口をゆすいだ水を出すための器。床に置かれた、大人用紙おむつの詰まった緑色の袋。

昼間に茜がボランティアにやってくるとき、咲子の身の回りはいつも綺麗に片付けられていて、彼女自身もこざっぱりとしている。それは直前にヘルパーを頼んで身体や髪を清潔にしてもらい、導尿カテーテルの管や採尿バッグを布団やバスタオルで隠してもらっているからだ。

ベッド上に座った姿勢を、彼女は連続して二時間以上取ることができない。尻に体圧がかかりすぎてしまい、床ずれを起こしてしまうからだ。だからボランティアの人が来る直前まで、横向きや半うつ伏せの体位で過ごし、直前のタイミングで、母親の多恵子に姿勢を整えてもらっている。

毎夜ここに通ううちに、咲子はそう教えてくれた。

そのことに、茜は気づいているだろうか。

厚浦咲子が自分の前で見せているのは、入念な準備のもと、懸命に背伸びをして表面を取り繕った、仮初め（かりそ）の姿だということに。

「みんな、ありがたいよ。いつも暇すぎて、つらいから――ありがたいん、だけどね。使命感のある人と、向き合ってると――ちょっと、疲れちゃう。ちゃんとした人たちに――ちゃんとしたところを、見せようとして。英検の、勉強だって――あんなの、ただの暇つぶし。英語をやりたい、っていうと――喜んで教えてくれる、ボランティアさんがいたから――始めただけ。だって、邪険に――できないじゃない。みんな、褒めてくれるしね。資格なんて、取っても意味ないって――私が、一番分かってるんだよ。おかしくなりそうだよ、何もできないって。何を頑張っても、何にもならないって」

――全力で取り組むって、それだけで素敵なことだと思うし。何かをやってる時間そのものを、大切にすればいいんだよ。

鈴木茜がここにやってきたときの記憶が、私の脳内にうすぼんやりと蘇る。

咲子は確か、受験勉強で悩む茜へのエールを送っていた。それは、茜ではなく、咲子自身の生きる意味を肯定するために、そう思い込むしかなかったからだったのか。

「みんな、〝与えよう〟って張り切ってる。私に」

咲子がぽつりと言った。そして丸椅子に座る私を、限りなく澄んだ目で、まっすぐに見る。

「でもサキには――私が、〝与えよう〟って思える」

「私がかわいそうだから？」

「じゃなくて――与えるし、与えてもらえる――そんな関係で、いられるから。サキの前では、聞き役で――いなくていい。善意とか、昔の思い出話とか――上手な演奏とか、旅行先の写真とかを――ありがたく、受け取らなくていい。私だってまだ、教えられる。人のためになれる。かわいそうな人、心の綺麗な人、善人――寝たきりの障害者だからって、そう思われるのは――もうたくさん。ボランティアさんたち、だけじゃない。お母さんだって、もう――元の私のことなんて、覚えてないと思う」

一度に喋りすぎたからか、咲子の声は普段に輪をかけてかすれていた。機械に管理されていなければ、きっと呼吸を荒くしていたことだろう。顔が赤らみ、両目は泣くのを我慢するように潤んでいる。

ふうん、と私は気のないふりをして相槌を打った。

「じゃあ、元の咲子って、どんな人だったの？」

短い沈黙がある。唇を引き結んだ咲子は、やがて表情を崩し、諦めたような笑みを口元に浮かべた。

「心の綺麗な人間――では、なかったと思うよ」

そう呟いてから、数秒の間を置いて、あんまり覚えてないけどね、と付け加える。

事故の後遺症で、当時の記憶がまだらになっていることは聞いていた。何か心残りがあるのない。

だろうか、と私は考える。彼女がそれ以上何も言わないから、私も突っ込んで尋ねることはし

壁の時計を見ると、四時半を指していた。咲子が大きく欠伸をする。昼も夜も寝たきりの生活を送っているため、つい昼寝をしすぎて夜に目が冴えてしまうという彼女だが、さすがにギターレッスンと長話とで疲れたようだった。

ギターを片付けてから、咲子に別れを告げ、窓から外に出る。

夜しか行動できないとはいえ、五月中旬のこの時間は、もう空が薄明るい。

遠くの太陽の光に追われるように、私は家に急いだ。

そして——玄関のドアを入ったところで、茜の祖父母に捕まった。

血相を変えた彼らが、鈴木茜の名を必死に呼び、私の肩を前後に揺さぶる。まるで私を起こそうとしているかのようだ。何を勘違いしているのか知らないが、孫娘が眠りながら歩き回っていたとでも思っているのだろう。

どうしようもなくなった私は、反射的に、意識の底に逃げ込んだ。

色のない世界に潜る直前、茜の長い悲鳴が尾を引いて、私の耳をつんざいた。

☽

『夜に出歩くもう一人の私へ　もし誰にも気づかれずに散歩に出たければ、部屋のドアをそっ

と開けて、外側のノブにかかっている鈴を外してください。玄関のドアの内側にも鈴がかけてあるので注意してください。あと階段は、手すりを使わずに踏み板の右端を歩くと、足音がだいぶ抑えられます。それと、あなたは誰ですか。咲子さんでしょうか。よかったら、誕生日と血液型を教えてください。』

ドアの前で立ち止まった私は、ピンク色の付箋二枚にわたって走り書きされた流麗な文字を読むなり、小さく唸(うな)って腕組みをした。

茜が夜寝る前に、何やら手紙を貼り出していたことは把握していた。そして、彼女が数々の違和感を自分なりに分析した結果、突飛な勘違いをし始めたことも。

私という別人格の存在を正確に悟られたわけではないとはいえ、主人格の茜に直接言葉をかけられるのは変な気分だった。まさかこうして自分に宛てた手紙をもらう日が来ようとは。十年以上ものあいだ透明人間として過ごしていた私に、だんだんと、それも予想外の色がつき始めている。

「階段は右端を歩くのがコツなんだ、なるほどね……」

一階で寝ている祖父母に決して聞こえないよう、口の中で呟いた。茜はさすがにこの家のことに詳しい。取り付けられた鈴の位置を教えてくれたのも助かった。茜の祖母が百円ショップで買い物をしていた記憶はかろうじて残っているが、今夜この部屋から出るのに罠が仕掛けられている可能性は、このメモを読むまで頭から完全に抜けていた。

咲子さんでしょうか——、か。

どうしたものかな、と考えながら、慎重にドアを開けて鈴を外した。きつく握り込んだそれを、クローゼット内の衣装ケースの上に置き、咲子の言うところの〝夜のお散歩〟に出かける。

このごろは、毎度違う道を通ることにしていた。周辺の住宅街はほぼ碁盤の目状になっているため、どこの角を曲がっても道に迷うことはない。徒歩十分の道すがら、すれ違ったのは車一台だけだった。茜の家にいるときよりは神経を尖らせることなく、ゆっくりと門扉を開け、前庭から小さなリビングに入る。

「あ、サキだ」

私の姿が目に入るなり、咲子は声を弾ませた。今夜は、窓のほうを向く体勢で横たわっている。水色の長袖Tシャツに黒のスキニーパンツという私の服装がお気に召したのか、「茜ちゃん、そんな服も持ってたんだ」と彼女は枕に片方の頬を押しつけたまま微笑んだ。茜がまだお洒落というものに微塵も興味を抱いていなかった、中学の頃によく着ていた服だ。

私がベッドを回り込み、咲子の背中を見ながらいつもの丸椅子に腰かけると、窓ガラスに映った彼女が心配そうに話しかけてきた。

「なんで、昨夜は——来なかったの？」

「茜が、病院でもらってきた睡眠薬を飲んだんだよね。身体が強制的に眠らされると、私も夜中に覚醒できなくなるみたいで。気がついたときにはもう朝方だった」

「病院、って——」

「安心して。二重人格になってることに気づかれたわけじゃないから。一応、医者はその可能性も指摘してたけど、茜はまったく聞く耳を持ってない。まさか十年以上前から人格が分離してるとは思ってないんだろうね」

よかった、と咲子がほっとした声で言った。「今日は睡眠薬、効かなかったのかな？」と続けて尋ねてくる彼女に、「わざと飲まなかったみたいだよ」と私は淡々と返す。というのも。

「あの子、咲子が乗り移ってると思ってるんだよね。自分の身体に」

「え？」

「生き霊（いきりょう）みたいなイメージなのかな。寝たきりの咲子が、茜の身体を借りて夜中に動き回ってるんじゃないかって、本気で信じ始めてる。そして咲子のために、自分の睡眠時間を犠牲（ぎせい）にしようとしてる」

ガラスに映る咲子は、呆気にとられたように口を半開きにしていた。ボランティア中の咲子との会話や、私が不注意で残した痕跡（こんせき）などから、茜がどのように推論を組み立てたかを簡単に説明すると、咲子は頷く代わりに何度も瞬きをしながら聞き入っていた。

「確かに、茜ちゃんが――そう考えるのも、分かるね。教えてないことを、私が――知ってるんだもんね。びっくり、するよね」

「それにしたって、非科学的だけどね」

「でも、私にとっては――サキの存在も、不思議だよ」

「咲子までそういうこと言う？　解離性同一性障害っていうのは、医者の口からも話が出るようなれっきとした病気なの。生き霊の乗り移りとはわけが違うでしょ」

「冗談、冗談。茜ちゃんは——純粋、だね」

「ほんとにね。さっき部屋から出るとき、ドアに手紙が貼られてた。返事、どうしようかな。無視してもいいとは思うんだけど」

付箋に書かれていた内容を、そのまま伝える。咲子は小さく笑って、「誕生日は、八月十日。血液型は、O型」と歌うように言った。

「質問に答えてあげる、ってこと？」

「うん、お願い」

「茜の思い込みに、こっちが乗っかることになるけど」

「そのほうが——サキも、安全でしょ。それに——茜ちゃんに、そう信じてもらえるだけ——私も、嬉しいから。本当に、私がサキになって——夜のお散歩、してるみたいで」

咲子がそこまで言うなら、私に反対する理由はない。私という別人格の存在をカモフラージュできるという意味で、茜の思い込みがこちらにとって都合がいいのは事実だった。

あとで返事を書いておく、と請け合う。

その後は二晩ぶりに、ギターを習うことにした。音楽初心者の私が、不必要に力の入った指先をぎこちなく動かし、合っているのかも分からない和音を鳴らす。口頭でアドバイスをしていた咲子は、私が三回に一回ほどコードチェンジに成功するようになると、私の右手が紡ぎ出すリズムに合わせて『小さな恋のうた』の歌詞を口ずさみ始めた。

　人工呼吸器が彼女の喉に空気を送り込むタイミングに頻繁に邪魔される上、彼女が出せる音程の幅は小さく、すぐに声がかすれて消えてしまう。それでも咲子は、愉快そうに歌い続けた。私には上手く判断がつかないのだが、たまにギターの奏でる音と咲子の喉から発する音が調和する瞬間があるようで、彼女はそのたびに、窓ガラス上に満面の笑みを映し出した。

「咲子って、歌えるんだね」

「難しいよ。でも、楽しい。いつもは人に聴かれたくなくて、口パクしちゃうけど——サキの前だと、恥ずかしくない」

「二階に響かないかな」

「大丈夫、大丈夫」

　二人の心が溶け合うような、穏やかな夜の時間が過ぎていく。

　さすがに喉を酷使しすぎたのか、咲子が先に音を上げた。しばらくは会話を中断し、私がひたすらに冒頭のコードを練習し続ける。指先が赤くなり、だんだんと痛くなってくる。G、D、C、G、C、G、D、Em——。

「ね、サキ」

　和音の向こうで、咲子が静かに呼びかけてきた。

　私はギターを弾く手を止め、何、と訊き返す。

「頼み事——しても、いいかな」

「いいよ。どうした？」

喉が渇いて水が飲みたいのかな、と私は考える。首を伸ばすと、キッチンの洗いカゴの中に、水色のマグカップが伏せられているのが見えた。ストローも乾かしてあるようだ。あれに水を入れればいいのだろうか。しかし横向きに寝た体勢では、水分補給は難しそうだ。

勝手に手順を探り始めた私の脳内に、咲子が発した言葉が、深夜の住宅街に姿を現す乗用車のヘッドライトのように、突如として滑り込んでくる。

「——死なせて、ほしいの」

聞き間違い、だとは思わなかった。

私は手元のレモン色のギターに、じっと目を落とす。

彼女が次に言う台詞は、容易に想像がついた。

「サキなら——分かってくれる、でしょ?」

ベッドに寝たきりで、一人では何もできない彼女の、唯一の理解者である、私。

いつか打診されるのではないか、という気はなんとなくしていた。夜、ここで会う咲子の表情には、どこか影があった。昼間、自分を取り繕って明るく笑っている反動もあるのだろうが、それだけではない、もっと根の深い闇のようなものを、彼女は人知れず抱えている。

「うーん、分かるような、分からないような」

どう返していいものか迷った私は、腕組みをし、歯切れの悪い口調で答える。

「何もできずに思考だけを働かせ続けるのが苦痛だ、ってことは知ってる。私もずっと、そうやって夜を過ごしてきたから。頭の中が悲鳴でいっぱいになって、急に叫び出したくなったりとかね」

「もう消えちゃいたいな、って――思ったこと、ないの？」

「たくさんあるよ。でも行動には移せなかった。前にも言ったけど、自分の存在がなくなるのって、すごく怖いし。だったら、映画を見るみたいに、茜の人生をただ傍観(ぼうかん)してればいいかなって」

「それが――つらくない？　映画を見るしか――できないのが」

「一人の自立した人間として、普通の生活を送っていた経験があるかどうか、の差かもね」と私は分析する。「咲子は外で自由に活動する楽しさを知ってたけど、私は知らなかった。こうやって咲子に会いにこられるようになった今、すべてを捨てて元の生活に戻れって言われたら、絶望して死にたくもなるのかも」

「でしょ？」

　私が言い終わるか言い終わらないかのうちに、咲子が食いついてきた。サキなら私の気持ちを尊重して協力してくれると思ったんだ、と彼女は何かを早とちりして息巻く。

「呼吸器の管を――抜いてほしいの。そうすれば、息ができなくなって――死ねるから」

「それって、私でも取り外せるもの？」

「できるよ。呼吸器の回路は、もともと――定期的に交換する、ものだから。接続部を、強く――引っ張るだけ」

「簡単すぎて怖いんだけど。咲子って、普段からそんなものに命を預けてるわけ？」

「もちろん、外れたら――アラームが、鳴るよ。でも」

咲子が黒い瞳を動かす。ガラスに映った姿では判別が難しいが、視線で階段の方向を指しているつもりなのだろう。二階で寝ている母親の多恵子の耳には、人工呼吸器のアラームの音も、満足に届かない可能性が高い。

だから咲子は母親の難聴を指摘しないのか、と合点がいった。多恵子は加齢や心身の疲労により聴力が悪化していることを自覚していない。その事実に気づいていながら、娘の咲子がそれを黙っているのは、千に一つ、万に一つの確率で呼吸器の管が外れる事故が発生したときに、そのまま生の苦痛から解放されることを期待していたからだったのだ。

四肢の動かない咲子は、自分では死ぬこともできない。

だからそうやって、限りなく低い可能性に賭けるか、もしくは、誰かに協力を頼むしかない。

「今までに、他の人に頼んだことはないの？　例えばお母さんに。私を殺して、って」

「ないよ。言えるわけ、ない」

「反対されるに決まってるから？　それともお母さんを犯罪者にしたくないから？」

「どっちも。お母さんは、絶対に――私を、殺したりしない。だって、いい人だから。私のために、いつも一生懸命だから。私って、幸せだよ。娘のために、尽くしてくれる――母親に、恵まれたんだもん。でもお母さんは、どうかな。義務感に、縛られてるんじゃ――ないかな。介護で疲れてるの、見てて分かるよ。仕事だって、続けたかったはず。長く会社に、勤めてたのに――別居したお父さんに、いつも頭下げて――私たちの、生活費をもらって。屈辱だよね。

私は、お母さんの人生を――壊したの。いなくなれば――お母さんを、幸せにできる。どこへでも――好きなところに、出かけられるし――やりたければ、仕事だってまた始められる」

「咲子のお母さんは、それを望んでるのかな」

「私には言わないけど、きっと。だから、事故ってことにして――介護生活を、終わらせてあげたいの。私も、楽になるし」

「事故ってことになるかな？　最悪の場合、私というか、茜が逮捕されるよね」

「だから、完全には抜かないで――管の接続を、緩めるくらいにする。そしたら、サキが帰った後――時間が経ってから、重みで抜ける。夜中に、私を――訪ねてきてた人が、いるなんて――誰も、思わないよ。万が一――本当に万が一、そんなことになっても――茜ちゃんは、精神の病気で――無罪、になる」

なるほど、と私は得心する。思考に費やす時間だけは気が遠くなるほどあるのだから、咲子は何日もかけて、この計画を練ってきたのだろう。解離性同一性障害により生じた別人格が犯した罪ということが証明されれば、確かに、鈴木茜自身が罪に問われることはなさそうだ。

だがなんとなく、即座に頼みを引き受ける気にはならなかった。目の前にある命を一つ、潰(つい)えさせる。そこまでやる必要があるのだろうか、と思ってしまう。

つまり、私という人格だけの存在は、血の通った人生経験がないばかりに、咲子が感じている生の苦しみを、真に理解してあげられていないのかもしれない。

せっかく、親友とまで言ってもらえていたのに――虚しさが足元に絡みつき、胸が締めつけられるように痛む。

「ひどいって、思う？」

咲子が尋ねてきた。「誰に対して？」と訊き返すと、「茜ちゃんに対して」という答えが返ってくる。

「私、ダメなの。信じられないの——ボランティアさんたちの、善意が。あの人たちって、私じゃなくて——私という名の弱いものを、見てるんじゃないかな。こんな寝たきりの、かわいそうな人でも——ニコニコして、生きてるんだから——私も、俺も頑張ろう。そうやって、私から——元気や勇気を、勝手に取っていってるんじゃないかな。私を下に見て。自分は大丈夫だって、安心して。優越感を、膨らませて」

「茜のこと、そういうふうに見てたの？」

「いい子、だとは思うよ。喋ってて、楽しいし。でも、心の中は——分からない」

「言っとくけど、茜には裏表なんかないよ」

別に茜をかばう義理なんてないけれど、そう言わずにはいられなかった。

「交代人格として中にいるから分かる。あの子は純度百パーセントの気持ちで、厚浦咲子っていうお姉さんのことを慕ってる。もちろん、元気をもらってる側面があるのは否（いな）めないよ。でも少なくとも、咲子のことを見下してなんかないし、優越感を抱いてもない」

「本当、かな」

「まあ、今の私の言葉にも裏があるかもしれないと疑うんだったら、こうやって茜の気持ちを代弁するのには何の意味もないわけだけどね」

　私がそう付け加えると、咲子は黙り込んでしまった。彼女の命を不本意に繋いでいる、機械の呼吸音だけが部屋に響く。

「どうしても――引き受けて、もらえない？」

「断るなんて言ってないでしょ。ちょっと考えさせてよ」

「あ、そうなんだ」咲子は驚いたように目を瞬いた。「私、てっきり――こんなお願いして、軽蔑(けいべつ)――されたのかと」

「だって、苦しいのは分かるからね。退屈すぎるのも、それでおかしくなりそうになるのも。自力で身体を動かせないぶん、咲子はもっと不自由なわけだし」

「疲れるの、すごく。目の前のシーツや、着てるパジャマが――ちょっと、皺になってるだけで――気になるのに、直せなくて――苛立ったり。飲み物が、一口飲めればいいのに――お母さんを呼ばなきゃ、いけなかったり。感覚がないはずの、腕や足が――一日に何度も、ひどく痛む感じがして――お医者さんにも、どうにもできなかったり。お腹が空いたとか、トイレをしたいとか――暑いとか、寒いとか――自分の身体のことも、まったく感じ取れなかったり。『大変』とか『疲れた』って言葉を、周りで聞くと――『私のほうが、ずっとつらい』って――すぐ嫌な気持ちに、なったり。心が、どんどん狭くなる」

「狭くて当然だと思うけどね。一番つらいのは咲子なんだから、何でもわがままを言えばいいし、気に入らないことがあれば癇癪(かんしゃく)だって起こせばいい。お母さんにもボランティアにも、もっと甘えればいいんだよ」

「そんなの、無理だよ」

「そうしない咲子は、やっぱり優しいんだって」

「私が優しいわけ、ない」なぜか強い口調で、咲子が言い返してくる。「もし、そう見えるなら――みんなに、優しくしてもらえなくなるのが――怖くて、いつも気を張ってるだけ」

彼女はいったい、一人で何を抱えているのだろう。

薄手の布団がかかった背中を見つめる。しばらくしてから、私はレモン色のギターをベッドに立てかけ、人工呼吸器の管に手を伸ばした。

「どうすればいいの？　教えて」

「えっ――やってくれるの？」

「ほんの少し緩めるだけだよ。ほんの少しね。私だってさすがに、親友を自分の手で殺したくはないし。運がよければ、何かの拍子に管が抜けるということが起こらなくもないかも……ってくらいの緩め方でいいなら、やってあげる。お母さんや看護師さんに怪しまれても困るでしょ？」

私がそう言うと、咲子はやや不服そうな顔をしつつも、緩めるべき接続部がどこかを口頭で指示してきた。私は言われたとおりに、機械に直接繋がっている管を握り、緑色の接続部を軽く引っ張りながら左右に一回ずつねじる。

「――それだけ？」

「うん、これだけ」

「相当、運がよくないと――外れそうにないね」

「言ったでしょ、殺人はしたくないって」

「そりゃ、そうだよね。ごめんね。変なこと、お願いして。でもサキが、少しでも――私の願いを、叶えようとしてくれたのが――すごく、嬉しいよ」

咲子が心から喜んでいるのが、その口調から読み取れた。

私の胸が、また強く痛む。

親友が死を望んでいるのは複雑だけれど、私のために生きてほしいと泣きつくことができるほど、私は感情豊かな人格ではないし、自分の存在価値を多く見積もっているわけでもない。

何より、仮に彼女が私のために死ぬのを思いとどまったところで、鈴木茜の交代人格でしかない私が、いつまでも消えずにいられる保証もないのだった。

治療により人格が統合されずとも、昨夜のように茜が睡眠薬を飲んでしまえば、私も朝方まで覚醒できなくなる。何かの拍子に、人格交代が起きる時間帯が変わる可能性もないとはいえない。咲子が嘱託殺人を頼める相手が私しかいないうえ、その私が明日存在するかどうかも怪しい不安定な存在となれば、こうして交流できているうちに重大な頼み事を持ちかけるのも、ごく自然な話だ。

そう考えて自分を納得させていた私も、次に咲子が放った言葉には、さすがに警戒心を示さざるを得なかった。

「まだすぐには、死なせてもらえないのなら――もう一つだけ――お願いしたいことが、あるの。いいかな」

「とりあえず聞くけど……何？」

「昔のことで――知りたいことが、あって」

鎌田朋哉と、保谷奈々恵という名前を、咲子は漢字の説明も交えて挙げた。

それぞれ、高校の部活の先輩と、一年生の頃から仲のよかった同級生だという。咲子は後遺症により事故前後の記憶が曖昧なのだが、当時母親の多恵子が咲子の手帳を確認したところ、事故があった日の夕方は保谷奈々恵、夜は鎌田朋哉と会う約束が記されていた。

保谷奈々恵は、多恵子も名前をよく知っていた高校の頃からの大親友で、手帳にも頻繁に遊ぶ約束が書いてあった。一方の鎌田朋哉は、『♡鎌田先輩とデート♡』と書かれていたことで恋人か好きな男性だと判明したものの、過去に似たような予定の記載はなかったという。

「他の人に見られても、恥ずかしくないように――デートの約束は、終わると消してたんじゃないかって――お母さんは言うの。でも、どっちから告白したのか――とか、そんな記憶もなくて。軽音部の先輩後輩として、仲がよかったとは――思うんだけどね」

「まだ付き合い始めか、交際前の段階だったんじゃない？」

「その可能性も――ある、とは思うけど」

「何が引っかかってるの？」

「私が、事故の前後に――二人とそれぞれ会って、どう過ごしてたかを――知りたくて」

事故後、鎌田朋哉と保谷奈々恵がまったく顔を見せないどころか、今の今まで連絡の一つも寄越してきたことがないと聞き、私は眉をひそめた。

つまり、咲子が言いたいのは——その日、自分たちの仲を壊すような、決定的な何かがあったのではないかということか。

いや、もしかすると、それだけではなく。

「その人たちが、咲子が大怪我をした事故に、直接関係してるかもしれない、ってこと？」

「それは、考えすぎ」

予想に反して、咲子は私の発言をすぐに否定した。

「事故のことは——いいの。運が悪かっただけって、もう諦めてる。私が知りたいのは、あくまで——鎌田先輩や奈々恵と、私の——関係のこと。その日、二人と——何があったのか。それだけだよ」

「分かった。ごめん、彼氏や大親友を疑うような真似して」

「いいよ、別に。よく覚えてないもん。本当に、彼氏だったのか。大親友、だったのか」

「え、保谷さんのほうも親友じゃなかった可能性があるわけ？」

「すごく、仲がよかった時期が——長かったのは、覚えてる。でも、変だなって。奈々恵はずっと、鎌田先輩のことが好きで——私、恋を応援してたはずなのに。なんだろう、すごく——悔しかった気持ちだけが、残ってるの。事故の前、数か月間のことは——それ以外、ほとんど覚えてない」

「友達が長らく片想いしてた相手と付き合うことになって、もしくはその手前まで漕ぎつけて……それなのに、咲子が悔しく感じたの？　よく分かんないね」

「だからサキに、調べてほしいんだよ」

咲子が真剣な口調で言う。そこまで言われたら、腰を上げないわけにはいかなかった。

何せ、私はサキだ。

咲子の分身として、彼女がやりたかったことを行動に移すため、その名を与えられたのだ。さすがに殺人という犯罪行為には抵抗があるものの、これくらいのことなら、彼女の力になってあげたいという気持ちがわき上がってくる。

「その二人の連絡先は？　咲子のお母さんに訊けば分かるのかな」

「お母さんは、巻き込まないで」咲子の声が急に、弱々しくなる。「ただでさえ、介護の重荷を——背負(せお)ってる、お母さんに——これ以上、追い打ちをかけたくないから」

「追い打ち？　何か悪い情報が出てくるかもしれない、ってこと？」

うん、とも、ううん、ともつかない曖昧な声を、咲子が出す。

言葉の真意を詳しく説明する気はないようだった。喉の穴から空気を送り込まれるたび、肺が膨らんで、まるで自然に寝息を立てているかのように、彼女の背中が小さく上下する。

「でも、連絡先も分からないんじゃ、どうやって……」

「茜ちゃんの、スマホを借りて——検索とか、してみてよ。今って、そういう時代でしょ。光に成るで、光成高校。私たち三人の、出身校」

スマートフォンは、茜の部屋に置きっぱなしだった。持ち運んで紛失したら一大事だし、使い方もよく分からないからだ。眠りにつくべき夜の時間を長年担当してきた私にとって、目を冴えさせる青白い光を放つデジタル機器は、大敵でしかなかった。

それでも、いつも茜の中から彼女の人生を傍観しているため、ロック解除用の四桁（けた）のパスコードくらいは、一応記憶している。

咲子から聞いた情報が頭から抜けないうちに、私は家に帰ることにした。ギターをソフトケースに入れて収納にしまい、咲子の背中にそっと手を置いて別れの挨拶を告げてから、まだ暗い外へと踏み出す。

徒歩十分の道のりを、急ぎ足で戻った。家に入るときは、また祖父母に見つかるのではないかと毎回緊張する。内側にかけられた鈴を鳴らさないよう、細心の注意を払いながらドアを開け、身体を隙間に滑り込ませた。幸い、家の中は静まり返っていて、誰かが起き出してくる気配はなかった。

部屋に戻ってすぐ、私はドアに貼ってあった二枚の付箋を剝がし、学習机に腰かけた。改めて手紙の内容を読んでから、新しい付箋を一枚取り、厚浦咲子になりきって返事をしたためる。八月十日、O型。書くという行為に慣れていないから、短い文面を考えるのにも恐ろしく時間がかかった。茜の右上がりの字と違って、自分の字のバランスが悪いことにも嫌気がさす。しかし、寝たきりの咲子が久しぶりに書いた字というふうに解釈（かいしゃく）してもらえれば、特段違和感はないはずだ。

次に、咲子に教えてもらった漢字を忘れないよう、別の付箋にいったん書き留めた上で、鎌田朋哉と保谷奈々恵の名前をそれぞれスマートフォンで検索した。似た名前の有名人が数名ずつ表示されたが、どちらも目ぼしい情報は得られない。慣れないスマートフォンの操作に四苦八苦するうちに、みるみる時間が経過していった。そろそろ高校名を添えて再検索してみようかと思考を巡らせていると、カーテンの隙間から、不意に、明るい朝日が差し込んだ。

身体の中から、主人格の茜が目を覚まそうとしている気配が、たちまち忍び寄ってくる。

私は慌てて椅子から立ち上がり、Tシャツとスキニーパンツを脱ぎ捨ててクローゼットに放り込んだ。階下で、玄関の柱時計が五回、間延びした調子で鳴り響く。その音に追い立てられるようにして、薄ピンク色のパジャマに着替え、ベッドに飛び込む。

その途端——脳の奥底に、意識が吸い込まれていくような感覚に襲われた。

世界と、私との距離が、透明な分厚い壁に隔てられ、遠くなる。

人格が交代する瞬間は、いつもこうだ。やがて茜が起床する。真っ先に部屋のドアへと視線を向けた彼女は、はっとしたようにベッドから飛び降りて、机の上の付箋を確認しにいく。

私は半分眠ったようになりながら、茜の中で、茜が驚いているのを、密かに見守っている。

☽

——明日はあのコーディネート、もう一回見たいな。

咲子のリクエストどおりの服を着て、私は今夜も〝夜のお散歩〟に出た。英字の書かれた緩いシルエットの黒Tシャツに、目をつむりたくなるほど明るいイエローのワイドパンツに、シンプルなオフホワイトのキャップ。

「なんだかマネキンになった気分」

窓からリビングに上がり込んで早々、私が仏頂面で感想を述べると、咲子は噴き出しそうな顔をしながら、丸椅子に座る私を上から下まで眺めた。

「やっぱり――かっこいいよ、サキ。茜ちゃん、センスいいねぇ。最高だねぇ」

「どうも、仲良くもないクラスメートに珍しく話しかけて、アドバイスをもらったらしいけどね」

「私のために、そこまで――してくれたことが、嬉しい」

「すっかり茜を騙してるよね、私たち。この服、別に咲子の好みってわけじゃないんでしょ？」

「着るのは、サキだから――サキに似合うものが、いいでしょ」

咲子が目を細める。事故に遭う前、十代だった頃の咲子は、デニムのミニスカートにニーハイソックスといった、シンプルな中に若者らしい可愛さを混ぜ込んだ服装をしていたらしい。

五月末にもなると、日によっては、深夜に半袖で出歩いても寒いとは感じない。

網戸からは、肌に心地よい夜風が吹き込んでいた。オフホワイトのキャップで押さえつけた髪が遠慮がちにそよぎ、私の頬を撫でる。

この十日ほどの、茜との付箋を介したやりとりを思い返す。

——何か、私の体を使ってしたいこと、ありますか？

茜のほうからそう訊いてきたのが、積極的な交流の始まりだった。

返事に困った私は、茜からのメッセージを、逐一咲子に伝えた。彼女に相談しながら文面を考え、自分の部屋に帰ってから新しい付箋に返事を書くのが、毎晩の習慣となった。

茜が提供してくれる〝体験〟を実行に移すのも、私の役目だった。クッキーやおにぎり、ケーキなど、茜が差し入れてくれた夜食はすべて完食した。ある夜はスマートフォンにインストールされたピアノアプリで小さく音を鳴らして遊び、またある夜は、プレゼントされた洋服一式を着こなして、セルフタイマー機能を使ってなんとか写真を撮った。無謀にも逆立ちエクササイズに挑戦する羽目になったのは、悪戯心を起こした咲子が、テレビで紹介されていた内容に興味を示すふりをして、ボランティアにやってきた茜をそれとなく唆したせいだ。転んで大きな音を立ててしまい、茜の祖母が部屋の外まで様子を見にきたときは、頭まで布団をかぶりながら咲子を恨んだ。

「十年以上もの間、ただベッドに寝転がってたのが嘘みたい。毎晩いろんなことをやらされすぎて、いい加減、頭がパンクしそう」

「——嫌なの？」

「嫌、ってわけじゃないけど」

「なら、いいじゃん。サキだって、人並みの——楽しいこと、してみたいでしょ」

咲子が大口を開けて笑う。つくづく、しおらしく振る舞っている昼間とは別人のようだ。咲子はこの顔を、夜に会う私にだけ、存分に見せてくれる。

　口では文句を言いつつも、当の私が満更でもない気持ちでいることを、彼女はおそらく見抜いていた。生まれて初めて能動的にする食事は驚くほど美味しかったし、パジャマ以外の服で自分自身を彩るのも新鮮で、充実感がある。先日、茜に宛てた付箋のメッセージに、私はこう書いた。茜ちゃんに気にかけてもらえて私は幸せです、と。あれは咲子でなく、交代人格である私自身が考えた一文だ。

　だが、鈴木茜との連日の交流も、今日でいったん、一区切りを迎える。

「とうとう音を上げちゃったね、茜。『おはなしボランティア』、受験が終わるまでは休むことにしたんでしょ」

　私がそのことに言及すると、咲子は枕の上で、哀しげに目を伏せた。

「茜ちゃんの、善意を——利用しちゃったな、私。夜の時間を、優先するって——そう、言ってくれたの。それを、断らなかった。やっぱり、どうしても——サキに、会いたくて。茜ちゃんに、会いたくないわけじゃ——ないんだけど」

「知ってる。だから今夜も、私がここに来られてるわけで」

「薄情だね、私。茜ちゃんが、あんなに——体調が、ボロボロになってまで——よくしてくれてるのに。茜ちゃんより、サキを——取っちゃった」

　今日の夕方のボランティア中、茜に深刻な顔で話を切り出されたとき、咲子が真っ先に危惧したのは、〝夜のお散歩〟を禁じられることだったという。受験勉強に集中するため、茜がこれから毎晩睡眠薬を飲んで熟睡するつもりなのではないかと恐れたのだ。しかし茜は、寝たきりの咲子を慮り、二、三日にいっぺんなら、自分の身体を今までどおり貸してもいいと申し出た。

「それで、安心――したんだ。頻度は減るけど、これからも――サキに、会えるって」

「私も同じだよ。悪夢ばかり見る眠りの時間に、また閉じ込められたらどうしようかと思った」

「今日も、私に会えて――嬉しい？」

「当たり前でしょ」

ふう、と咲子がため息をつく。正確には、ついたように見える。自発呼吸のできない彼女は、肺に息をためることもできなければ、任意のタイミングで吐くこともできない。

「茜ちゃんって、本当に――真面目で、いい子だね」

「そうならざるを得ない環境で育ったんだよ。スピード違反の車とぶつかる事故で両親を亡くして、それなのに父親の運転にも過失があったとかで、ろくに保険金も下りなくて。孫を大学に行かせるため、茜の祖父母は相当生活を切り詰めてるんだよね。それを無下にはできないから、これからは勉強に全力投球するつもりなんでしょ」

私が説明すると、咲子はひどく悲痛そうな顔をした。同じ交通事故被害者の彼女には酷な話だっただろうか、と反省する。せっかく茜の厚意により〝夜のお散歩〟が続けられることになったのに、咲子にそんな顔をさせたくはない。

意図的に、私は話題を切り替えることにした。彼女の喉の穴に繋がっている半透明の長い管の、その反対側の端に、そっと人差し指の第二関節をかける。

「今日も、やる?」

「うん――お願い」

「……茜と約束してる歌詞、今日も作ってたんだよね」

サイドテーブルに置いてある大学ノートのページに目を落としながら、私は尋ねる。母親の多恵子のものと思しき字で、『あなたとわたし』『手を取り合って前へ』といった言葉の断片がいくつも書き連ねられていた。就寝前の時間にでも、浮かんだアイディアを書き留めるのに付き合ってもらっていたのだろう。

「死にたいのに、歌詞は作ってるの?」

「死にたいけど、死ねないから――少しでも気が紛れるもので、時間を埋めてるの」

「その言い方、私が責められてるみたいだな」

「ギリギリまで、緩めていいんだよ」

彼女は慣れた調子で、私を焚きつける。だが私は冷静に、安全性が損なわれないくらいの力加減で、回路の接続部を動かすにとどめる。生きることへの絶望に瀕している彼女を早く解き放ってやりたいという気持ちと、まだ私のそばにいてほしいという自分勝手な願いが、日々激しさを増しながら、私の中でせめぎ合っている。

サキは慎重だなぁ、と咲子が苦笑した。機械から手を離した私は、心臓が早鐘を打っているのを悟られないように表情を取り繕い、彼女に背を向けて、収納から黒いギターケースを引っ張り出す。

教わった四つのコードは、初めてギターを手に取った頃に比べれば、ずいぶんと滑らかに弾けるようになっていた。毎夜これしか練習していないのだから当然かもしれないが、二週間弱の特訓の成果としては上出来だろう。

私がコードを弾き、咲子が歌う。

音程はないようなものだけれど、彼女との一体感だけは強まっていく。

恋について歌った歌詞を、恋愛経験などあるわけもない私は、世界にたった一人の親友との友情に読み替える。

この平和な夜も、これからは毎日訪れるわけではないと思うと、一抹の寂しさが胸をよぎる。

「そういえば」何回目かのセッションが終わった後、今日の夕方に茜がここを訪ねてきたときの記憶がふと蘇り、私は咲子に問いかけた。「頼まれてた調べ物は、解決したってことでいいんだよね？」

鎌田朋哉と保谷奈々恵への聞き込みは、私の出る幕もなく、茜がすべてを滞りなく終え、今日の訪問時に報告まで済ませていた。

私が不用意に残したメモから、二人のＳＮＳアカウントを探し出し、瞬く間にアポイントを取った茜の手腕には驚くばかりだった。インターネットに詳しくないどころか、スマートフォンの操作にも難がある私では、ああはいかない。

私が茜に情報を漏らしてしまったことを、咲子は特に咎めなかった。調べてもらえるなら結果オーライだし、と言っていた咲子の期待どおり、茜は事故の日の真相を持ち帰り、躊躇(ちゅうちょ)する様子を見せながらも、二人から聞いた話を正直に話した。

鎌田朋哉は、咲子のことを浮気相手として見ていただけで、本気で付き合うつもりはなかった。その一方で、保谷奈々恵は、咲子が鎌田と交際し始めたという報告を真に受けて嫉妬心を燃やし、激しい言い争いの末に喧嘩別れをしていたというのだから、すれ違いも甚(はなは)だしい。

友情と恋愛の板挟みになって、どちらも失ったケースだな――と、ろくに人生経験もないくせに、私は一人前に考えた。そんなタイミングで交通事故に遭い、奈々恵との関係を修復する機会を失ってしまった咲子は、不運だったとしか言いようがない。

こんなことを知って、彼女はさらに死へと駆り立てられてしまうのではないだろうか。

密かに懸念していると、介護用ベッドの上の咲子が、ぽつりと呟くように言った。

「要らないのにね――綺麗な真実なんて」

「綺麗な真実？」

「茜ちゃんが、言ってたこと」

咲子はいつになく、暗い目をしている。

あの話のどこが、と私は首を傾げた。浮気にドタキャン、嫉妬に絶交。思い返すだけで、彼らに邪険にされた咲子が不憫(ふびん)になってくる。綺麗という言葉とは程遠い、醜(みにく)い真実としか思えない。

「茜は、鎌田朋哉や保谷奈々恵が話したことを、そのまま咲子に伝えただけだよ。聞いた話を捻じ曲げたりはしてないはず」

「それは——分かってる。でも鎌田先輩と、奈々恵は——茜ちゃんの目を、意識したんだ、きっと。だって百パーセント、俺が悪いとか——どう考えても、あたしがひどいとか——そんなわけないよね。本心じゃない。みんな無意識に、私を——腫れ物に触るように、扱うんだ。かわいそうだから。健気に、頑張ってるから。これ以上傷つけちゃ、いけないから」

「考えすぎじゃない？」

「そんなこと、ない」

あえて軽い調子で受け流そうとしてみたものの、相変わらず咲子の目に光は戻らなかった。なぜ彼女がそこまで頑なに茜の話を疑うのか、私にはよく理解できない。

「茜の話に事実と違うところがあるっていうなら、根拠はあるの？　何か思い出したわけ？」

「違うよ」咲子が枕の上で呟く。「覚えてないけど——分かるの。この身体になってから、ずっと——気持ち悪いくらい、誰も——私のことを、悪く言わない。叱ったりもしない。いつでも私は、罪のない被害者。みんな優しくて、ここは——酸素濃度が高すぎる、温室みたい。たまに、くらっとして——気が遠く、なりそうになる。私なんて、欠点だらけの——腹黒い人間だよ。自分が一番、分かってる。善人でも、聖人君子でもないよ」

「だからって、咲子は悪人って感じでもないけどな」

「そんなの、サキに分かるわけない！」

言い返せず、私は無言で俯いた。

ごめん、と咲子が慌てたように言う。確かに、他人とほとんど関わり合ったことのない私には、善人と悪人を見分ける術などない。

だが彼女がここで本音をさらけ出せているのなら、それは素晴らしいことだと、私は理性的に考える。私が彼女に、心の美しい悲劇のヒロインとしての振る舞いを期待していないから、彼女は私に、素のままの自分を見せられるのだ。

「じゃあ、どうすればいい？」私は顔を上げ、咲子をまっすぐに見据えた。「調べ物は、続行したほうがいいのかな」

「そうして、ほしいな」咲子が申し訳なさそうに言う。

「今度は茜じゃなくて、私が二人に会って話を聞けばいいのかな。そうしたら、咲子が求めてる〝真実〟が手に入ると思う？」

「そんな気が――する。茜ちゃんは、優しすぎるから。その優しさに、相手も――引きずり込まれちゃうから。サキなら、中立でいられるよね」

中立ね、と私は心の中で呟く。自分も似たような立場であるだけに、咲子の現在の状態について不必要に同情を誘わないという意味では、彼女の言うとおり、私は適任かもしれない。

私が彼らに〝再び〟面会するにあたって、お願いしたいことが三つある、と咲子は言った。

一つ目は、不意打ちを狙うこと。前回茜がしたように、丁寧にアポイントを取って話を聞くのでは、心の準備をする時間を与えてしまうことになる。できれば飲み会帰りなど、気が緩んでいるときに突撃するのが望ましい。

二つ目は、鎌田朋哉には保谷奈々恵について、保谷奈々恵には鎌田朋哉について質問すること。本人のことをいくら尋ねても、前回の話が繰り返されるだけだろうが、その点、他人のことなら、もっと本音に近い言葉を聞けるかもしれない。

三つ目は、茜と同じく、事故の詳細についての話題は避けること。私が茜の交通事故のトラウマを引き受けた交代人格である以上、事故の生々しい話を耳にすれば、主人格である茜と同程度、もしくはそれ以上の精神的負担が生じることは間違いない。それは咲子の本意ではないし、短い夜の時間で核心に迫るには、無駄な話は積極的に省いたほうがいい。

隙のない依頼事項だ。感心した私は、丸椅子から身を乗り出し、ベッドに横たわっている親友に顔を近づけた。

「今さらだけど……咲子って、頭の回転が速いんだね」

「そう？　ベッドに、ずっといると——自分の脳が、一番のお友達——になるからね」

「その感覚は、なんか分かるけど」

「あ、今はサキだよ」

「ん？」

「一番の——お友達」

ありがとう、と私は微笑む。私の一番のお友達も、もちろん、咲子だよ。

「ねえ咲子、一つ訊いてもいい？」

「なあに？」

「茜がさ、保谷奈々恵に会ったとき、相手の性格や外見にちょっと引いてたみたいなんだよね。肌の露出が激しかったり、大きな指輪を何個もつけてたりして。咲子の元親友ってことで、もっと落ち着いた印象の女性を想定してたみたい。でも、茜はああ思ってるけど……本当は咲子だって、似たようなタイプの女子高生だったんでしょ？」

「――バレた？」

「だって、話を聞いてると、真面目で大人しいって感じじゃないもん。高校では軽音楽部でギターボーカルをやってたっていうし、保谷奈々恵と同じブライダル専門学校への進学を希望してたみたいだし」

あの専門学校の学生たち、みんな奇抜な格好をしてるもんね、と咲子は笑った。寝たきりだと、お洒落もろくにできない。母親や介護士に大変な手間をかけさせて、たとえ髪を染めたり、好きな服を着たりしたところで、どんなに不格好でも誰もが手放しに褒めてくれるに決まっているのだから、ちっとも張り合いがない。そんなことをしても惨めなだけ――彼女の黒い本音が矢継ぎ早に吐き出され、私にぶつかって空気中に散乱していく。

「夜って、いいよね」

咲子が意味ありげに口元を緩め、自嘲気味に言った。

「人の本質が、見える時間。つい、隠すのを忘れちゃう。今の私もだし、きっと――鎌田先輩も、奈々恵も」

夜しか知らない私は、その言葉に賛意を示すことも、疑問を投げかけることもできない。だがきっと、彼女の言うことは正しいのだろう、と思う。

夜の闇はいつも、私の中に積み上がった負の感情をざわめかせる。茜が幼い頃に直面した交通事故の記憶、両親を亡くしたと悟ったときの記憶、眠るのが恐ろしくてヒステリックに泣き続けたときの記憶。

昼間、太陽に照らされて、眩しい光を反射しながら生きている人たちも、夜になればその輝きを失い、弱い自分を見つめざるを得なくなる。鈴木茜から切り離された私のような存在を、一つの人格として独立しているわけではないにせよ、人は皆、心の中に抱えているはずだ。

要は仲間を探しにいくのだ、と私は結論づけ、咲子の骨ばった肩に手を置いた。

私なら、見つけられるはずだ。鎌田朋哉や、保谷奈々恵の中に潜んでいる、私のような、何かを。

☽

私が終電で降り立ったのは、茜の家の最寄り駅から二駅離れたところにある、住宅街のただなかの小さな駅だった。

金曜の夜だというのに、人もまばらだ。うら寂しい灰色のホームを後にして、スマートフォンのマップアプリを見ながら、古びた駅舎を背に狭い上り坂を歩き出す。白い光を放つコンビニの前を通り過ぎると、見える景色は急に暗くなった。外灯がかろうじて照らし出す曲がりくねった歩道を、行く手を塞ぐように立つ電信柱をよけながら、私は早足で上っていく。

　しばらく進んでいくと、小さな交差点があった。信号機はない。左右に延びているのは、片側一車線にしては幅の狭い道路だ。横断歩道を渡ろうと右手に目を向けた途端、至近距離を車が猛スピードで走り去っていき、肝が冷えた。人や車が少ない分、ドライバーが強気な運転をしがちな場所なのかもしれない。

　マップアプリによると、この横断歩道を渡って住宅街の中をもうしばらく行った先に、学校があるようだった。光成高校。咲子の母校だ。

　つまり咲子は、今から十二年前に、この交差点で事故に遭った。

　当時、高校三年生。学校帰りに保谷奈々恵と近くのカフェに入り、想い人の鎌田朋哉をめぐって大喧嘩をしながら、坂道を下りてきた直後のこと。

　知り合いが車に撥ねられた場所だと思うと、横断歩道を渡るにも過剰なほど慎重になる。車をさらに二台見送って、ヘッドライトの光が視界のどこにも見当たらないことを確認してから、小走りで道を横断した。無事に反対側に辿りつき、安堵の息を吐く。ただでさえ私は、普通の人間と比べて、自分の頭で考えながら外を歩くのに慣れていない。

　せっかく近くまで来たのだから、咲子の出身校を一度くらいは見ておこうと、私は直進して住宅街の中を進んだ。坂の傾斜がいっそうきつくなる。その途中に、見るからに年季の入った店があった。看板の白い文字はところどころ剝げていて、『パンとケーキのおみせ・はる』という店名がかろうじて読み取れる。

木製のドアに近づき、真ん中に嵌め込まれた透明のガラス部分を覗き込んでみた。暗い店内は、外から見た印象よりは広く、商品を並べるガラスケースのほかに、二人掛けのテーブルが四つほど置かれた喫茶スペースがあるようだった。競合が全然いないから生き残っていられるような、おじいさんとおばあさんが夫婦でやってる小さなお店でさ、今もまだあるのかな――「おはなしボランティア」の最中に、咲子がそんなふうに語っていたことを、そのとき交代人格として茜の中に眠っていた私は、おぼろげながら思い出す。

あれは、この店のことを指していたのだろう。咲子が奈々恵とカフェで喧嘩したという話を聞くたび、茜が鎌田朋哉と会うのに使った近所のカフェチェーンのような店内を想像していたから、鄙びた店構えにやや拍子抜けしてしまう。今でも営業はしているのだろうが、失礼ながら、繁盛している様子はなさそうだ。道路を挟んだ向かいには、おんぼろの青い看板がかかったクリーニング店もあり、街全体として、寂れている、という印象が強い。

ドアから一歩離れる。電信柱の外灯に照らされた私の姿が、ガラスに映った。オフホワイトのキャップに黒Tシャツにイエローのワイドパンツという例の格好をし、さらに咲子に習った大人っぽく見えるメイクをして、高校生に見えないよう、精一杯背伸びをしている。

鈴木茜と厚浦咲子の家を往復するだけならまだしも、深夜の街に繰り出して電車に乗ろうというのだから、警察に補導されないための対策は必須だった。この駅にやってくるのは、もう三回目だ。先ほどの交差点まで戻り、片側一車線の道路沿いに十五分ほど歩くと、保谷奈々恵が現在居住している六階建てのマンションがある。

不意打ちを狙ってほしい、と咲子には依頼された。だがそうでなくても、この時間に人と会うのに、事前に約束を取りつけようとするのは意味がない。なぜ深夜でなければならないのかと、怪しまれて断られるのがおちだ。

だから私が彼らに会うには、夜中に自宅に突撃するしかないのだが、住所を聞き出すにあたっては少々頭をひねった。彼らに連絡を取るには、茜のSNSアカウントを借用することになる。ただ、受験勉強に専念し始めたばかりの茜にこちらの動きを察知されたくはないし、鎌田朋哉や保谷奈々恵を警戒させたくもない。

結局、咲子が彼らに暑中見舞いを送りたがっているという話をでっち上げることにした。茜が参加している「おはなしボランティア」の活動の一環で、葉書の製作を手伝うことになったのだが、長年寝たきり生活を送っている咲子には友達らしい友達がいないため、久しぶりに連絡先の判明した旧友にお送りできれば何より嬉しい――、と。

その文面を、人格が交代した直後の深夜にSNSのダイレクトメッセージで送り、相手からの反応がなければ朝方には送信取り消しの操作をした。その手順を毎晩繰り返すうちに、スマートフォンの持ち主である茜に気取られることなく、鎌田と奈々恵それぞれから返信をもらうことに成功した。

暑中見舞いという口実はやや苦しかったが、「みんな無意識に、私を腫れ物に触るように扱う」という咲子の言葉が本当なら、葉書の一枚や二枚くらい拒否（きょひ）されないだろうと目論（もくろ）んだ。

やはりそうだった。鎌田も奈々恵も、『自分なんかでよければ』という言葉とともに、自宅住所を送ってきた。

幸い、どちらの家も、私が深夜に往復できる範囲内にあった。茜と待ち合わせしたカフェにランニングの途中で立ち寄ったと話していた鎌田朋哉はともかく、保谷奈々恵の家も比較的近かったのは意外だった。茜の前に現れた彼女の派手な雰囲気や、ドレスコーディネーターという職業からして、もっと都会寄りに住んでいるのだろうと思っていたのだが、実際には閑静な住宅街のただなかにある出身高校の近く、それもさらに駅から離れた場所にあるマンションが、彼女の住まいだった。エントランスはオートロックでなく、付属の駐車場もない。外壁のタイルが艶やかに黒光りしている様子を見る限り、築年数だけはまだ浅そうな物件だ。

光成高校の校門前まで歩いてから道を引き返した私は、今度はまっすぐに保谷奈々恵の自宅マンションへと向かった。例の交差点を左に折れる。確かにどこもかしこも落ち着いた雰囲気で、住みやすそうな土地ではある。だが、すでに十二年もの時間が経過しているとはいえ、かつての親友が大事故に遭った現場の近くに居を構えるというのは、いったいどういう気分なのだろう——そんなことを考える。

咲子から依頼を受けた日から、すでに十日以上が経っていた。六月の夜は、五月の夜よりも、不快に肌にまとわりつく。今夜こそは、空振りしたくない。

その願いが、天に通じたのだろうか。

マンションのエントランス前で、そばの壁に背中を預けたまま誰かと大声で通話している、明るい茶髪の女性の姿があった。露出度の高いファッションからして、保谷奈々恵だと一目で分かる。どう見ても裂けすぎたダメージジーンズを穿いている彼女は、右手にスマートフォン、左手にハンドバッグを持っていた。両手が塞がった状態でエントランスのガラス戸を開けるのを面倒に感じ、その場に立ち止まったまま通話を続けることにしたようだった。

もしかすると、私と同じ終電に乗っていたのかもしれない。いや、都会の方面から帰ってきたのなら、反対方面の電車か。

保谷奈々恵は、ずいぶん酔っ払っているようだった。ろれつが回っていない。恋人だか友達だか知らないが、電話の相手に向かって、仕事の愚痴を垂れ流している。

「――ってかさぁ、ありえなくない？　給料が月一万減るのを我慢するか、次の契約を更新しないで別の働き口を探すか、どっちか選べって。もう五年も勤めてんだよ？　減らすんじゃなくて上げるのが普通じゃない？　去年言ってた正社員の話はどこいったわけ？　まじないわ、うちの偉い人たち、いつも口先ばっか――」

社会人は大変そうだ、と私は他人事のように考えた。他人事のように、というか、私にとっては本当に他人事なのだが、こうして茜以外の人間を観察していると、知識としては持っていた社会の仕組みが、次第に具体性を帯びて私の前に立ち現れ始める。茜の祖父母が、どうにかして学費を捻出して孫娘を大学に行かせようとしているのは、保谷奈々恵が今まさに直面しているような状況を、できる限り回避するためなのかもしれない。

三日前と、そのまた三日前にここに足を運んだときは、奈々恵は不在だった。どうしてこんな真夜中に家を空けているのか、と首を捻っていたのだが、この様子を見るに、徹夜で飲み歩いていたか、恋人の家にでも泊まっていたのだろう。

　夜の闇に紛れて、私は通話が終了するのを待つ。

静かな外の空間に、滑舌の悪い奈々恵の声が響いている。ただ華やかなだけではない、根深い不満や疲労を抱えた彼女の姿を、紺色の夜がくっきりと映し出している。

　長電話は続く。今夜は鎌田の家には行けないな、と私は考える。いずれにしろ、あちらはどうせ空振りだったかもしれない。既婚者で幼い子どももいる彼を深夜に家から引っ張り出すのは、運が味方しない限り、なかなか難しい。

　辺りに響くヒールの音で、私は我に返った。奈々恵が壁にもたれかかるのをやめ、ぎこちない足取りでマンションの出入り口に近づこうとしているところだった。じゃあね、ばいばーい、と彼女が間延びした声を上げ、スマートフォンを耳から離す。

　奈々恵が通話終了ボタンを押そうと画面に目を落としている隙に、私は彼女に駆け寄った。

「あの」

　短く呼びかける。こちらを振り向いた奈々恵は、太めに描いた眉を怪訝そうに寄せていたが、私の顔に見覚えがあることに気づいたようで、すぐに目を見開いた。

「あれ？　こないだの……ええっと」

「鈴木茜」

「そうそう、そうだった、茜ちゃんだ。どうしたの、こんなところで。偶然？　じゃないよね、さすがに」

すみません、と私は頭を下げた。ごめん、という言葉が先に出てきそうになったのだが、年上には敬語を使うという社会のルールをすんでのところで思い出したのだ。咲子にはついぞ敬語で話したことがないのだが、鈴木茜と関係の薄い保谷奈々恵や鎌田朋哉相手には、丁寧に接しておくに越したことはない。

「あたしに会いにきたの？」

「……はい」

「こんな夜遅くに？　茜ちゃんって高校生じゃなかったっけ？」

「……はい」

「悪い子だなぁ」仲間を見つけた、とでも言わんばかりに、奈々恵が赤く塗った唇の片端を上げる。「それ変装のつもり？　大人っぽくていい感じじゃん。この間のピンクのワンピースとだいぶ雰囲気違うね。で？　何しにきたの？」

「本音を聞かせてほしいな、と思って」

私が言うと、奈々恵は呆気にとられた顔をした。質問に対して単刀直入に答えすぎただろうか。私は仕方なく、もう少しだけ言葉を付け加える。

「前回会ったとき、上辺だけの会話しかできなかった感じがしたんですよ。保谷さんがどこか遠慮してる、というか。まあ、咲子さんって今、ああいう状態なので、傷口に塩を塗ったりしないように、ある程度気を使うのは当然なんでしょうけど」

「そう？　覚えてることを普通に話したつもりだけどな。咲子に嫉妬して大喧嘩したことも、あたしが卑怯（ひきょう）すぎて事故現場から逃げ出したことも」

「じゃあ保谷さんのことは別にいいです。鎌田朋哉さんのこと、もうちょっと教えてもらえませんか」

咲子からお願いされたとおりに、私は問いかけの言葉を放つ。こうやって不意打ちを狙って、さらに本人でなく他人のことを訊いて、いったい咲子が奈々恵の口からどんな話が出てくることを期待しているのか、私にはさっぱり分からない。

それでも私は、頭を空っぽにして指示に従う。だって私は、咲子に名付けられた、サキだから。

「へ、鎌田先輩のこと？　なんで？」

「保谷さんが高一のときから一途に片想いしてた軽音楽部のイケメン、ってことくらいしか聞けてないので。仲のよかった親友同士が取り合って喧嘩するくらい魅力的な男って、どんな人なんだろう、と。想像がつかなくて」

「咲子が鎌田先輩のことをまったく覚えてなくて、いろいろ知りたがってる、ってこと？」

「そんな感じです」

茜が奈々恵とハワイアンカフェで会話していたときの記憶を、私は頭の奥から引っ張り出す。通常、人格が表に出ていないときの意識は曖昧になりがちだが、保谷奈々恵や鎌田朋哉に会ったときの記憶は、比較的鮮明に残っていた。主人格の茜自身が、一回りも年上の人間と初対面で話すというめったにない状況に緊張し、相手の一挙一動に敏感になっていたからかもしれない。

「え、何それ。鎌田先輩のいいところを語れ、ってこと？　青春の思い出を掘り返すなんてやめてよ、ほぼ黒歴史じゃん、そんなの」

「いいところを、とは言ってません。悪いところでもいいです。別にどっちでも。保谷さんが覚えてるとおりのことを」

私が淡々と訂正を入れると、恥ずかしそうに身をくねらせ始めていた奈々恵は、自然に生えたにしては長すぎる睫毛をせわしなく上下させた。

「なんか……茜ちゃん、こないだ会ったときと、テンションが全然違うね。今日は、妙に冷めてるというか。別人みたい」

「そんなわけないじゃないですか」と私はうそぶく。

「で、鎌田先輩のことね。こんなところで立ち話でいいの？　うち来る？　っていっても、散らかってるけど」

「保谷さんに任せます」

奈々恵は困ったように両手を腰に当てたが、「朝まで語り明かそう、みたいな話じゃないよね？　鎌田先輩のことだけ話せばいいんだよね？」と念を押してきた。私が無言で頷くと、彼女は再びそばの壁にもたれかかった。この場で話を終わらせ、邪魔者をさっさと追い返すことに決めたらしい。

「魅力的な男ってのは、大抵、裏があるわけ。これ、大事なことね」

酸いも甘いも嚙み分けた大人の香りを漂わせる保谷奈々恵は、人生経験の足りない女子高生に言い含めるように、もったいぶった調子で言った。

「鎌田先輩がどんな人だったかっていうとね。一言でいうなら、遊び人。プレイボーイ。浮気男。女たらし。そんな感じ。あたしさ、すっかり騙されたのよ。まだ純情だったからね、あの頃は。少女漫画に出てくる男キャラみたいな、胸がときめく言葉をかけてくれるかっこいい先輩だと思ってたけど、それは女心を分かって思わせぶりな言動をしてただけだったんだよね。あたし以外の女にも、どうせ似たようなこと言ってたんだよ、要領のいい先輩のことだから」

勢いよく喋りながら、奈々恵がやや不完全燃焼気味に私の顔を覗き込む。おそらく、私が驚くことを期待していたのだろう。他に本命の恋人がいるにもかかわらず、浮気相手である咲子の気持ちを弄んで捨てたという告白を、鎌田朋哉本人の口からすでに聞いているこちらとしては、この程度の悪口を聞く心の準備はできている。

「もしかして、保谷さんも付き合ってたんですか？　鎌田さんと」

「付き合ってたつもり、って感じかな。勇気を出して、あたしからデートに誘ってさ。映画館とか、水族館とか、定番のスポットを回ってさ。それで何回目かのときに、晴れて男女の関係になったわけ。あたしは乙女だったから、もう舞い上がっちゃって。告白の言葉とかはなかったけど、遠回しにそれっぽいことを言われてたから、もうてっきり、彼女にしてもらえたとばかり思っててさ」

「それっぽいこと、って？」

「『俺ら、そういうことでいいよね』みたいな。ものすごく恥ずかしそうに言うわけ。それがまた可愛かったんだよね。で、ころっと騙された。バカだねー、あたし。今なら分かるよ。モテる男を信じちゃダメなんだって」

　だから黒歴史って言ったじゃん、と奈々恵が過去の悔しさと惨めさを吹き飛ばすように、豪快に笑った。

「恋人同士になれたと思い込み始めてから、二か月くらい経った頃にさ。突然、『距離を置きたい』ってメッセージが先輩から届いたんだよね。嫌われた理由が分からなくて、なんでだろうって、めちゃくちゃショックで。だから私、あの日、咲子にそのことを相談しようと思ってたんだよ」

「あの日って、咲子さんが事故に遭った日？」

「そう。先に相談があるって言ってきたのは咲子のほうだったけどね。あのときはびっくりしたよ、もう。私が先輩といい感じになってることを知ってたはずの咲子が、いきなり、鎌田先輩と付き合い始めたなんて言い出すんだもん。え、付き合ってるのあたしですけど？　ってなるじゃん。でも咲子はあたしを見下すように言ったの。バカにするような、冷たい目をして」

　――私は奈々恵と違って、先輩にちゃんと告白されたからね。咲ちゃんのことが好きです、付き合ってください、って。それで私も好きになっちゃったんだから、仕方ないでしょ。

　咲子が言ったというその台詞を、奈々恵はほんの少し声を高くして、臨場感たっぷりに再現した。気管切開をした後の声質や口調しか知らない私には、それが似ているのかどうか、さっぱり判断がつかない。

正式に告白されたか、されなかったか。

後にも先にも恋愛を経験することのない私にしてみれば、些細なことに思える。しかしその違いは、多感な時期の彼女らにとって、決して無視できない序列を生じさせるものだったのだろう。

「咲子さんがつらそうな顔をして、申し訳なさそうに相談してきた……って、この間は言ってませんでしたっけ」

「あれは嘘。茜ちゃん、咲子のことが大好きで、いい人だって頭から信じ込んでるみたいだから、あんまり悪く言うとまずいかなーって。寝たきりの病人を追い詰める趣味もないし」

でも気にしすぎだったかな、と奈々恵が私の顔を覗き込み、あっけらかんと言う。

「ちなみにそのときね。先輩が実は、言い寄ってくる女を都合よく弄ぶ遊び人だったってことを、咲子から聞いたのは。軽音部じゃ有名な話って言われても、最初は信じられなかったよ。前から知ってたならどうして教えてくれなかったの、ってなるじゃん。そんな奴って分かっててあんたは付き合うの、ともさ。でも咲子はへらへらしてるの。『気づいてなかったの？　さすがに鈍感すぎるでしょ』とか、『私の場合、あっちから告白してくれたから、まあ真剣に考えてもいいかなって』とか。その高飛車な態度で分かっちゃったんだよね。あー、この子は恋愛を優先して、友情を捨てたんだな、って」

「ちょっとよく理解できないんですけど。咲子さんは、高校一年生のときから保谷さんとずっと仲がよかったのに、どうして急に掌を返して恋愛に走るんですか？　しかも遊び人の先輩と」

「あたしに訊かれても困るわ。咲子に訊いてよ――って、あの子はもう全部忘れちゃってるのか。ったく能天気にさぁ」

　奈々恵が濃い化粧を施した顔を歪め、吐き捨てた。

　マンションのエントランスの周りを漂う闇が、彼女の心の奥底から、夜と同じ色をした感情を、徐々に引きずりだそうとしている。

「友情が壊れる心当たりはなかったんですか？」

　初めは鎌田朋哉について尋ねたはずが、いつの間にか奈々恵の怒りの矛先が変わっているのを意識しつつ、私は問いかけた。

「鎌田先輩との恋愛のほかに、ってこと？」

「はい。今の話を聞いていると、保谷さんに対する咲子さんの態度があまりにひどいので。もしかすると何かの当てつけに、わざと恋愛を優先したんじゃないかと」

「それはまあ、お金のことだろうね」

「……お金？」

「あ、知らない？　あの頃さ、ちょうど、咲子の親が離婚することになったんだよね。それで専門の学費を出せない、すぐに就職しろ、って話になって。さんざん、目の前で泣かれたなぁ。

『奈々恵、助けてよ』って。だけどあたし、何もしてあげられなかった。しょうがないでしょ？　まだ十代だよ。バイトくらいはしてたけど、親に学費や生活費を出してもらってる子どもだよ。まとまったお金を貸せるような財力、あるわけないじゃん。ってか、今もないけど」

　奈々恵はそう自虐して肩をすくめると、右手の指を曲げ、自身の長い爪を眺めた。前回茜が会ったときにエメラルドグリーンだった爪は、今は目の覚めるようなブルーになっている。

「あたし、中学のときに家庭科部に入ってたんだけど。高校に入ってから、休み時間に裁縫を教えてあげたら、咲子もけっこう興味持ってさ。それで……ずっと約束してたんだよね。高校を卒業したら、あのかっこいいブライダルの専門に一緒に入学して、咲子はドレスデザイナー、あたしはドレスコーディネーターになるためのコースを選んで、将来仕事で絶対コラボしようね、って。でも咲子は事故とか関係なく、お金がないせいで、その夢を叶えられなくなった。あたしだけが予定どおりに専門を卒業して、ドレスコーディネーターになった。咲子はもしかして、何か一つくらい、あたしから奪ってみたかったのかもね。だからあのとき、わざわざあたしをカフェに呼びつけてまで、恋愛を取る宣言をしたのかも」

「やっぱり腹いせだったわけですよね」と私は冷静に指摘する。「そういう事情があったなら、どうして疑わなかったんですか？」

「疑う？　何を？」

「咲子さんが話した内容を。だって、全部嘘かもしれないじゃないですか。本当は鎌田朋哉となんか付き合ってなくて、単にめちゃくちゃなことを言って保谷さんを傷つけたかっただけかもしれない。実際、最初は信じてなかったんですよね？」

「あー、なんでだったかな。咲子の言ってることが本当だって分かった理由……あ、そうだ」

腕組みをして唸っていた奈々恵が、長いブルーの爪同士を器用に近づけ、小気味よく指を鳴らした。

「大喧嘩をしてる途中にさ、『今からすぐそこでデートの待ち合わせだから』とか咲子が言うわけ。で、先輩のSNSを見たら、駅のポスターがどうこうとか、明らかに移動中っぽい投稿をしてるわけよ。あたし、ブチギレてその場で電話したんだ。『咲子と付き合ってんの？』って。もうね、笑っちゃうほど動揺してた。『なんでそれを……』って返された瞬間、ああはいはい事実だったのねってなって、とりあえず大声で罵倒しまくって電話を切ったの」

それなのにさぁ、と奈々恵が当時の感情が蘇ってきたかのように声を震わせる。

「直後にまた、先輩のSNSが更新されてて。『せっかく出てきたたし甘いもんでも買って帰るかー』みたいな投稿だったかな、とにかくあたしの怒りの電話がちっとも響いてなくて、一ミリも反省してないわけ。ああ、このあと咲子と食べるためのスイーツなんだろうな、咲子は付き合い始めたばかりなのにもう先輩の家に行くのかな、あたしなんて身体だけのどうでもいい存在だったんだな、なんて考えたら、あたし、嫉妬で大爆発しちゃって。うざいから先輩の電話番号は着拒、SNSは全ブロック、咲子とは口喧嘩続行。先に耐えられなくなってお店を飛び出したのはあたしだったね。そしたら追いかけてきた咲子が、『すぐそこで待ち合わせしてるから、私たちのどっちを取るか選んでもらおうよ』なんてバカげたことを言うの。あたしは駅に直行して家に帰る気満々なのにさ」

——はあ？　それ、あたしに勝ち目ないじゃん。遊ばれてた女なんだからさ。

——いいからおいでって。先輩に決着つけてもらおうよ。

——ふざけんな、帰る！

「それであたし、交差点の手前でいきなり回れ右して——って、このへんのことは前回話したか」

「はい、聞きました」と、脳内にある茜の記憶を探りつつ、私は頷く。

「じゃ、あたしの話はおしまい。ごめんごめん、けっこう長くなっちゃったね。鎌田朋哉のこと、分かってもらえた？　イケメンなだけで、最悪な男でしょ。ま、咲子に話すかどうかは、茜ちゃん次第ってことで」

奈々恵が壁にもたれた上半身を起こし、私の肩に手をのせる。軽く叩いたつもりだったのかもしれないが、鈍い痛みが走る程度には、その力は強かった。アルコールのせいで加減ができなくなっているのか、過去の怒りをつい、私に対して放出してしまったのか。

彼女が嫉妬の炎を燃やした厚浦咲子も、所詮、鎌田朋哉の浮気相手の一人でしかなかったことを思うと、咲子と奈々恵の二人が、女たらしの先輩に食い物にされた上、友情を引き裂かれた被害者に見えてくる。

その事実を、奈々恵は知る由もない。私が教える義理もない。

「私さ……鎌田先輩に自分のことを好きになってほしくて、すっごく努力してたんだよ。高校に入学した頃はギャルっぽい外見だったんだけど、咲子経由で好きな異性のタイプを聞き出して、清楚な雰囲気にイメチェンしたりして。そういうこと、咲子が一番よく知ってたはずなんだけどね」

　奈々恵が大きく、酒臭い息を吐いた。

「最後に言い争いをしたときの咲子は、ひどかったよ。ムカつきすぎて、思い出したくもないくらい。でもだからって、目の前で交通事故に遭った咲子を、助けにいかなくていい理由にはならないよね。いくら他の人が通報を済ませてたからって、ついさっきまで友達だった子を見捨てていいわけない。若かったし、バカだったな、って思うよ。咲子のお見舞いにいこうと思ったことだって、何度もある。でも、もし鎌田先輩と鉢合わせしたら、自分が自分じゃいられなくなるような気がして、勇気が出なかった。なーんて、全部言い訳。一つ言えるのは――」

　彼女が遠くを見る。片側一車線の道路を、白いヘッドライトを点けた車が走っていく。その余韻が残るうちに、奈々恵が呟く。

「咲子は……生きててよかった。もし死んでたら、あたし、もっと後悔してたんだろうな」

　身勝手な言葉だった。だが不思議と、反感を覚えることはなかった。その声に込められた感情が、あまりに素直だったからかもしれない。

　結局のところ、保谷奈々恵は、事故当日の仲たがいについて、全面的に自分に非があるとは思っていないようだった。むしろ、友情を破壊する行動に出た咲子に責任を求めたがっている。初めて会ったときに茜に語った話は、やはり建前に過ぎなかったわけだ。

これが、私に鈴木茜のふりをさせて再び差し向けてまで、咲子が知りたかったことなのだろうか。

「もう一度、前回と同じようなことを言いますけど」

と、昼間のハワイアンカフェで茜が奈々恵に尋ねたことを思い出しながら、私はゆっくりと口を開いた。

「顔、見せてあげたらどうですか？　咲子さんに」

「私に会いたがってるの？」

「……さあ？」

「ならいいよ。今のあたしを見たって、咲子はいい思いしないでしょ」

奈々恵がハンドバッグを胸に抱え、首をすくめてみせた。

個性豊かなファッション。ブライダル専門学校卒業。ドレスコーディネーター。雇用形態や給料への不満は数限りなくあるのかもしれないが、高校生だった頃の咲子が憧(あこが)れていた理想の未来が、保谷奈々恵という人間に凝縮されている。

では、と私は頭を下げた。気をつけて帰りなよ、あともう来ないでよ、と奈々恵が眠そうに目をこすりながら言う。

二駅分の距離を、歩いて家に帰った。

咲子は今ごろ、起きているだろうか。それとも寝ているだろうか。あの低い柵のついた、幅の広い、ベッドの上で。三角形の体位変換クッションに身をもたせかけて。

――心の綺麗な人間では、なかったと思うよ。

彼女が遠い目をして呟いたあの言葉が、私の足が地面を踏みしめるたび、木霊のように、耳の奥で鳴り響く。

☽

日曜日の零時過ぎ、私は駅前の大きな交差点の手前で、苛立って小さく足踏みをしながら、歩行者信号が青になるのを待っている。

　家の最寄り駅から電車に乗ろうとすると、毎回ここを通らなければならないのが厄介だった。しかも夜だ。駅前の交番の赤いランプが、鈴木茜が小学一年生の頃にここで経験した交通事故を思い起こさせる。

　おぞましい事故の記憶を処理するために切り離された人格である私は、普段は平気な顔をしていても、さすがにこの場所に立つと、とても平静ではいられなくなる。誰のものとも分からない甲高（かんだか）い悲鳴が、脳内を駆け抜ける。その声がいくつも重なり、増幅し、巨大な津波となって、私を遠くへさらおうとする。まだ信号は青にならない。早くこの場を離れさせてくれ。早く、早く。

　ようやく、四方の歩行者信号が一斉に青に変わった。私は左右を素早く見て安全を確認した上で、横断歩道をまっすぐに駆け抜ける。駅前という立地と道路の広さのわりに、車通りが多くないのはこのエリアのいいところだった。特に夕方の帰宅ラッシュ帯を過ぎると、交通量は寂しいくらいに減る。こんなところでスピード違反の車と衝突し、両親を亡くす事故に遭った鈴木茜は、よほど運が悪かったのだろうと同情せざるを得ない。

シャッターの閉まったベーカリーやケーキ店の前を通り過ぎ、駅に辿りついた。この時間でも、下り電車はまだ動いている。茜が〝咲子さんのために〟日々早い就寝を心がけてくれているとはいえ、今夜は彼女がベッドに潜り込むのが十一時半を過ぎたため、終電に間に合わなくなるのではないかと冷や汗をかいた。鎌田朋哉の自宅は隣駅のそばだから、歩いて往復することもできなくはないのだが、それだと到着が深夜一時を優に回ってしまい、鎌田がすでに就寝している可能性が高くなる。

保谷奈々恵とマンション前で話した夜から、二晩が経過していた。昨夜は茜が睡眠薬を飲んだため、外に出るのはあれ以来だ。

まずは鎌田朋哉への接触を図り、もし失敗に終われば、すぐに引き返して咲子の家に顔を出す。大まかにはそんな計画を立てていたが、保谷奈々恵の話をどのように咲子に報告するか、まだ考えあぐねていた。どうせ咲子に痛みを与えることになるのなら、二つの報告を一息に終わらせてしまいたい。だから今夜こそは、三度目の正直で、鎌田朋哉を捕まえたい――。

ホームに滑り込んできた下り電車に乗り、一駅先で降りる。こちらは改札前に靴の修理店や洋菓子店が並んでいるような、中規模の駅だった。そこから七分ほど歩いた道沿いに、白い壁に並んだ潜水艦のような丸窓が印象的な、鎌田一家のこだわりの一軒家が見えてくる。

丸窓から黄色い光が漏れているのを見て、私はひとまず安堵の息をついた。鎌田朋哉本人が起きているかどうかは分からないが、まだ家族全員が寝静まっているわけではなさそうだ。問題はここからだった。こんな真夜中に、鎌田をどうやって外におびき出すのか。妻や子どもが一緒に住んでいるのなら、インターホンを押して、直接訪問するわけにはいかない。

隣家のフェンスに身を隠すようにして、小さくため息をつく。深夜にいくらこうして家の前で待ち伏せしていても、鎌田朋哉が偶然外に出てくるチャンスは永遠に巡ってこないのではなかろうか。だとすれば、こちらから行動を起こさなければならないが——などと考えながら鎌田の家を観察していると、いつも脇に停められている赤い乗用車がないことに気がついた。夫婦のどちらかが出かけているのだ。前回来たときは、玄関そばの軒下に、収納カバーをかぶせたベビーカーが置かれていたことも思い出す。それがないということは、子どもを連れて、どこかへ泊まりにいっているのではないか。

私は意を決し、インターホンを押して、再び物陰に隠れた。ややあって、玄関前のライトが点き、ドアが中から押し開けられる。

顔を出したのが男性だと見るや、私は素早くフェンスの陰から走り出た。私が近づいていくと、真夜中の来訪者の姿を探して左右を見回していた鎌田朋哉の目が見開かれ、いっそう困惑したような表情になる。

「君は……」

「こんな時間にすみません。この間カフェでお会いした、鈴木茜です」

深夜の面会を申し込むのが二回目ともなると、こちらも手慣れたものだ。戸惑っている鎌田に、妻子が不在かどうかを念のため尋ねる。彼は瞬時に警戒心を露わにした。夜遅くに十七歳の女子高生が訪ねてきて、奥さんとお子さんは今いませんよね、などと突然質問すれば、そうした反応になるのも当然だ。

「家族は、妻の実家に泊まりにいってるから、いない……けど」

「不倫してるのがバレて、怒って出ていっちゃったんですか？」

「え、いや……まあ」

どうしてそれを、とでも言いたげに、鎌田が顔をこわばらせて私を見下ろす。咲子との一件から推測したと思われているかもしれないが、鎌田と妻の関係が悪化しているのを知ったのは、五日前の夜にここで家の様子を窺っていたときだった。どこかの窓が開いているのに気づいていないのか、妻が一方的に怒る声が漏れ聞こえてきたのだ。この間の女のこと、私まだ許してないからね。ねえ、都合が悪くなると無視するのやめてよ。まさかまだ連絡取ってるの？　そうやっていつも逃げないでよ——夜風に吹かれつつその声を聞いていた私は、薄く星の散る夜空を見上げながら、夜という時間はやはり人の本性を暴くのだと、咲子の言葉を思い返し、妙に感じ入っていた。

十年以上の時が流れても、この男の本質は変わらない。

半袖のスウェット姿の鎌田は、幽霊でも見たかのように顔を歪め、その場に立ち尽くしていた。おおかた、私の口調や態度が、前回カフェで会った鈴木茜の印象と違い過ぎて、頭が混乱しているのだろう。

　それ以上考える隙を与えずに、私は彼を誘導することにした。

「この間、訊き損ねたことがあって。ちょっとだけ、時間を割いてもらえませんか。ここだと近所の目が気になるなら、そのへんの公園とかでもいいです。駅から歩いてくる途中にありますよね」

「それって……こんな深夜に話さなきゃならないような、重要なこと？　もう十二時半過ぎだよ。俺、明日仕事なんだけど」

「日曜日ですもんね、すみません。でも時間は取らせません」

　私が押し切ると、鎌田は困ったように眉を寄せ、「じゃあ少しだけだよ」とカードキーをポケットに突っ込みながら外に出てきた。ドアが閉まると、鍵がかかる機械音がする。自動で施錠される仕組みになっているようだ。

　風呂に入った直後だったのか、パーマのかかった髪は濡れているようだった。茜の家では嗅いだことのない、男物らしき爽やかなシャンプーの香りが、横を歩くとかすかに香る。

　目的地には、三分もかからずに着いた。ブランコと滑り台と鉄棒があるだけの、小さな公園だ。ベンチに並んで腰かける。木々の葉が頭上でざわめき、早く話を終わらせて鎌田を解放するよう、さりげなく私を促す。

「訊きたいのは、保谷奈々恵さんのことです」

　そう切り出して間もなく、私は異変を察知した。

隣に座る鎌田の両目が、皿のように見開かれている。

「どうして知ってるの？」と、鎌田は心底驚いた様子で言った。「あのころ俺が付き合ってた……本命の彼女の名前を」

本命の彼女、という言葉が、私の頭の中で渦巻く。

奈々恵の話との食い違いに、すぐには理解が追いつかない。私が黙っていると、「ああそうか」と鎌田がひとりでに何かを合点した。

「そりゃ、知ってて当然か。奈々恵と咲ちゃんって、元は仲良しだったもんな。最後があんなことになったから、イメージなくなってたけど……」

「最後というのは、鎌田さんを取り合って二人が喧嘩したときのことですか」

「取り合って、っていうと語弊があるな。でもまあ、俺が元凶だったのは確か。あの二人、今も交流あるの？」

「ないですよ、事故の日を境にまったく」

ただ事実を述べただけのつもりだったが、私の言葉を聞くなり、鎌田は苦しげな表情を浮かべて膝に目を落とした。罪悪感のようなものが、その黒い瞳の奥に、色濃く漂っている。

「前回お会いしたときには、咲子さんと会う予定が本命の彼女にバレたから、待ち合わせ場所に行かずにデートをドタキャンした、って言ってましたよね。その本命の彼女というのが、保谷奈々恵さん？」

「そうだけど」なぜ再確認の質問が飛んでくるのか分からない様子で、鎌田が首を傾げながら頷いた。「奈々恵について、咲ちゃんは何を知りたいの？　言っとくけど俺、今の奈々恵のことはまったく知らないよ。あのあと音信不通になって、自然消滅みたいな感じで振られちゃったから」

「どういう経緯で付き合い始めたのか、教えてもらっていいですか」

この歳になってそんな話を蒸し返されるとは思わなかったな、と鎌田が苦笑いする。

きっかけは向こうからのアプローチだった、と鎌田は気恥ずかしそうに語った。奈々恵が高校入学直後に自分に一目惚(ひとめぼ)れし、それからずっと片想いを貫(つらぬ)いていることを知り、心を動かされたのだという。ストレートの黒髪という清楚な外見や、身の回りの小物を裁縫や編み物で手作りしている手先の器用さが、当時の鎌田の目には、非常に魅力的に映った。

初めのうちは軽音楽部の後輩である厚浦咲子が仲を取り持ってくれ、その後、次第に二人だけでの交際がスタートした。映画館や水族館に行き、一歩ずつ関係を深めた。生まれて初めての恋人だったため、鎌田のほうも内心舞い上がっていた。付き合い始めた翌月の奈々恵の誕生日には、少ないバイト代の中から費用を捻出し、銀色のブレスレットをプレゼントした。真面目そうな彼女には、シンプルなアクセサリーが何より似合うと思った。

「保谷さんが初めての恋人というのは、間違いないですか？」

「え？　そうだよ。俺、今でこそこんなだけど、十代の頃はわりと奥手で口下手なタイプだったから。高校まで、そういうのに一切縁がなくてさ。奈々恵にあれだけ好きになってもらえて、やっと気持ちを伝える勇気が出た、って感じだったんだよね。それもストレートには告白できなくて、だいぶ婉曲的な伝え方になっちゃった覚えがあるな」

「変ですね。鎌田さんは高校時代から女たらしの遊び人だったと聞きましたよ」

「はあ？　何だそれ。誰が言ってたの？」

「保谷さんです」

　奈々恵にも最近会ったことを話すと、鎌田は驚いたような顔をした。近況を聞きたそうにしたが、今はそれより弁解しなければならないことがあると気づいたらしく、鎌田自ら話を元に戻す。

「遊び人ってのは大げさだよ。咲ちゃんとのことがあったから、奈々恵が勝手にそう思い込んだだけだろ」

「でも、今も不倫をしてるんですよね？」

「それを言われると……だけどさ。女性関係が乱れ始めたのは、あのあとだよ。奈々恵に振られたあと。あれだけ大事にしてた彼女を失った反動で、自暴自棄になって……いや分かってるよ、ひどい言い訳してるって。でもそれくらいショックを受けたんだよな、初めての失恋ってやつに」

　鎌田がパーマのかかった髪を掻き上げる。三十歳の大人が昔のいたいけな恋を語るのには、聞いているこちらにまでむず痒さが伴った。ましてや本人は、今すぐ逃げ出したくなるような感情を抱えていることだろう。

　だが同時に、彼の目には怒りの色も浮かんでいた。不倫をして妻と子どもに家を出ていかれるような男のくせに、高校生の頃までの純朴だった自分を愚弄（ぐろう）されるのは、プライドが許さないようだ。

「遊び人といえばさ。俺じゃなくて、どちらかというと奈々恵のほうだよ」

「……え？」

「付き合い始めて二か月くらい経った頃に、咲ちゃんに見せられたんだ。奈々恵が、俺の知らない男子たちと、水着やミニスカート姿で楽しそうに写ってる写真を」

――こういうのがいっぱい、奈々恵のケータイに入ってるの、見ちゃったんですよね。私も知らなかったんですけど、あの子、だいぶ遊んでるみたい。鎌田先輩には一応、教えてあげたほうがいいと思って。

咲子に見せられた〝浮気写真〟は、見知らぬ男子との仲睦（なかむつ）まじげなツーショットがほとんどだった。中には奈々恵が髪をスプレーで派手な色に染めた写真や、だらしなく膝を広げて地べたに座っている写真もあった。清楚で真面目な保谷奈々恵を好いていた鎌田は、まるでギャルのような奈々恵の裏の一面を目（ま）の当たりにして、頭を殴られたような衝撃を受けた。

「それを見て、俺もかっとなっちゃってさ。『ごめん。ちょっと距離置こう』なんて奈々恵に連絡しちゃったんだよね」

「で、今度は咲子さんとの恋に走ったわけですか？」

「恋、とは言いたくないな」

前回カフェで茜に語った話を覆（くつがえ）すかのように、鎌田は冷たい口調で言い切った。

「二人きりで遊ぼうって咲ちゃんに誘われて、いったんオーケーしたのは事実だよ。『どうせ奈々恵も裏では好き放題やってるわけですし、たまには私ともデートしてくださいよ』なんて言われてね。咲ちゃんはもともと俺と奈々恵のキューピッドを務めてくれた後輩だから、今後の相談に乗ってもらえるかもしれないと思ったんだ。まあ、奈々恵に対する仕返しみたいな気持ちもあるにはあったね。だから咲ちゃんとの待ち合わせ場所に着いた後、すぐに奈々恵から電話がかかってきて『最低』だとか『本気じゃなかったなんて』だとかぶちまけられたとき、俺もしどろもどろになっちゃって、ちっとも反論できなかったわけで」

「あれ、待ち合わせ場所に行ったんですか？　前回聞いたお話だと、その日はデートをドタキャンすることにして、家でゴロゴロしてたんじゃなかったでしたっけ」

「正確に言うと行かなかったんじゃなくて、行ったけどすぐに退散したんだ。俺、待ち合わせには三十分以上早めに行くタイプでさ」

茜が家の近くのカフェで鎌田と会ったときも、彼が先に到着していて、コーヒーの注文まで済ませていたことを思い出す。

これで、鎌田朋哉が電車で移動中と思しきSNSの投稿をしていた、という保谷奈々恵の証言との整合性が取れた。あの日、鎌田は待ち合わせ場所である駅付近に足を運ばなかったわけではなく、事故現場の交差点の近くまで来ていたものの、咲子や奈々恵の前に姿を現すことなく帰宅したのだ。

「つまり鎌田さんは、本命の彼女である奈々恵さんに電話で激怒されたことで、事の重大さに気づき、反省してその場を去ったわけですね」

「それもあったし、あとは、よく考えると写真が全部変だな、と」

「写真？」

「奈々恵と知らない男子が一緒に写ったツーショットをたくさん見せられた、って言ったろ。でも思い返してみると、写真の切り抜き方が不自然だったり、俺が知ってる奈々恵とは髪型が違うような気がしたり……もしや捏造されたものだったんじゃないか、と思ってさ」

「それは」と私はしばし考える。「保谷さんは、鎌田さんと付き合い始めるよりも前に、咲子さんも含む男女複数名でどこかへ遊びにいったことがあった。そのときの集合写真の一部を、咲子さんが悪意を持って切り抜き、最近撮ったツーショットのように見せかけて鎌田さんに報告した――ってことですか？」

「そう。咲ちゃんの語り口が巧いから、つい信じちゃったんだけど。あ、でも、奈々恵が俺の思ってたような、根っからの清楚系女子じゃなかった、ってのはたぶん事実だよ。俺に合わせて服装や髪型を整えてたんだろうけど……ただささ、それはそれで健気で可愛いじゃん。で、よく考えたら、咲ちゃんと二人で会う約束をした話がこんなに早く奈々恵に伝わるのもおかしいし、何か裏があるな、って直感したんだよね。それでやっと思い当たったんだ。咲ちゃんと奈々恵の金銭トラブルの件に」

「ああ、専門学校の」

私が頷くと、「なんだ、そのことまで知ってるのか」と鎌田は目を丸くした。

「奈々恵はさ、咲ちゃんに迫られ続けてものすごく困ってたんだよ。四月からの学費や生活費が足りない、数十万円貸してくれって、春休み前ギリギリまでしつこく頼まれて。いくら友達とはいえ大金は貸せないから、奨学金を取ったらどう、親戚に頼んだらどう、って逐一助言をするんだけど、申し込みが間に合わないだとかそんな懐の深い親戚はいないだとか、全部撥ね退けられちゃうみたいでさ。今思うと、咲ちゃんは親のお金で何不自由なく学生生活を続けられる奈々恵に嫉妬して、八つ当たりをしてたんだろうね。あんな捏造写真を見せてきて、落ち込んだ俺を誘惑してきたのも、奈々恵への嫌がらせの一環だったのかもしれない」

「じゃあ、告白はしてないんですね」

「告白って？　咲ちゃんが俺に？」

「いや、鎌田さんが咲子さんに」

「なんでだよ、するわけないだろ」

鎌田が肩をすくめ、呆れたように言った。

その口調には、刺々しさが交じっている。夜の闇はやはり、これまで無難な仮面をかぶっていた鎌田朋哉の身体にも深く染み込み、彼という人間の本当の輪郭を、ほのかに浮かび上がらせている。

「保谷さんとはそれっきりですか？　音信不通になって、関係が自然消滅して」

「そうそう。まさか着信拒否されるとは思わなかったね。ＳＮＳもブロックされるし、メールも読まれた様子がないし……ほとほと困ったよ、あれは。咲ちゃんにまんまと騙されて先に奈々恵と距離を置いた俺が悪いとはいえ、怒るとあんなに激しい子だったんだなぁ、と……」

「なぜ保谷さんがそこまで徹底して連絡を絶ったか、その直接的なきっかけは何だったか、心当たりはありますか？」

「……浮気した俺に愛想を尽かしたからじゃないの？」

目を瞬いている鎌田に、私は十二年越しの真実を教えることにする。奈々恵が怒りの電話をかけた直後に、『せっかく出てきたし甘いもんでも買って帰るかー』というような能天気な投稿を鎌田がしているのを見て、彼女は嫉妬と絶望の海に沈んだのだ。

そのことを伝えると、鎌田は心外そうに色めき立った。

「いや、違うって！　あれは待ち合わせ場所にやってくるはずの咲ちゃんに、俺がいったん来たけど何か事情があってもう帰った、ってことを遠回しに伝えようとして……ほら、奈々恵に怒られた手前、咲ちゃんと直接やりとりを続けるのは憚られるけど、いくらなんでも何十分も待ちぼうけさせるのは悪いだろ？　だからせめてSNSにって……ああ、『甘いもん』って書いたのがいけなかったのかな。本当に自分一人のために買っただけで、女の子と食べようってわけじゃなかったんだけどなぁ」

鎌田朋哉が、チョコレートや砂糖がかかったドーナツを朝から二つも食べられる男性であることは、鈴木茜とカフェで会ったときの様子から判明している。

だから私としては、その点を疑うつもりはない。鎌田は咲子とのデートの予定が流れた代わりに、純粋に自分のための買い物をし、帰宅の途に就いたのだろう。本命の恋人に叱られたストレス解消のためだったのかもしれないし、せっかく電車に乗って出てきたのだからと、転んでもただでは起きない精神を発揮しただけだったのかもしれない。

だがその行動が幼稚で、また悪手だったことは確かだ。奈々恵も見ているSNSに空気を読めない投稿をしたのも、その時点で咲子を怪しんでいたにもかかわらず、真意を問いただすことなく逃げるように帰ってしまったのも。

「自業自得だよな」

私の心を読んだかのように、鎌田が悄然と言った。

「奈々恵と咲ちゃんの仲がこじれてたことは知ってたのに、咲ちゃんが捏造した浮気の証拠写真を真に受けて、自分から奈々恵を突き放しちゃったんだから。まあ、一番悪いのは咲ちゃんだよ。でもすっかり騙されて、大切な彼女を信じ切れずに誘惑に応じた俺も俺。未熟だったな、って今では思う。だからいいんだ、引き続き、俺が咲ちゃんの彼氏だったたってことにしといてくれても。咲ちゃんのお母さんまでそう信じてる以上、今さらひっくり返すのは酷だし、無理に訂正する必要もないだろ、どうせ相手は寝たきりなんだから」

何も知らない彼に、一昨日の保谷奈々恵の話をそのまま伝えたら、どんな反応をするだろうか、と考える。奈々恵を浮気相手として弄んでいたなんてとんでもない、俺の彼女にひどい嘘を吹き込みやがって、と我を忘れて怒り狂うだろうか。

きっと、そんなことにはならないのだろう。何せ彼には妻がいて、幼い子どもたちがいて、不倫相手がいる。昔、恋に裏切られた男は、今や愛で手いっぱいだ。妻と離婚して不倫相手と添い遂げるのか、妻と関係を修復して子どもたちと仲良く過ごすのかは知らないが、いずれにせよ、時計の針が十二年前に戻ることはない。

　私との話が長引くことを恐れた鎌田が、ポケットからスマートフォンを取り出して時刻を確認する。午前一時十分。暗い公園の中でひときわ眩しい光を放つロック画面には、大きなクマのぬいぐるみの上に笑顔で寝転ぶ、三歳と一歳くらいの幼い兄弟の写真が設定されている。

「ちなみに」と私は最後に問いかけた。「その当時、鎌田さんはどこに住んでたんですか？」

「ん？　ここから一時間くらい下り電車に乗ってったとこだよ」

　田舎の大学に進学したからさ、と彼は付け加える。住宅街の中に田んぼと畑が点在しているような地域で、自宅アパートの最寄りは無人駅だったという。距離はあるものの、電車の乗り換えをする必要がないため、この付近からのアクセスは比較的いいらしい。

「咲子さんが事故に遭った日は、まっすぐ家に帰りました？」

「そのはずだけど。どうして？」

「いえ、別に」

　私はベンチから立ち上がり、改めて今夜の非礼を詫びた。呆気に取られている鎌田をその場に置いて、公園の出口へと歩き出す。

　イエローのワイドパンツの裾が、夜風にはためいた。

　ここから一時間も歩けば、家に着くだろう。

　今夜は鎌田朋哉に、一昨日は保谷奈々恵に、いろいろなことを聞いた。頭の中は絶えず揺れていて、茜が遠い昔、まだ生きていた両親とともにフェリーに乗って船酔いをしたときのことを思い出す。まとまらない思考を掻き回しながら、私は歩を進める。いつもなら頭をすっきりとさせてくれる夜の散歩も、今夜ばかりは、明快な答えを私に与えてくれようとしない。

ちゃんと報告しにいくから待っていて、と私は頭の中の咲子に呼びかける。

整理するには少し、時間がかかりそうだ。

☽

狭いけれど居心地のよいリビングの片隅で、私はレモン色のエレキギターを弾いている。天性の才能などあるはずもないから、相変わらず上手く鳴らない弦があるし、コードチェンジは半分以上の確率でつっかえる。それでも初めに比べれば上達したほうだ。右手から放たれる音は、ぎこちなくもなんとか一定のリズムを保ち、ベッドの上の咲子が気分よく歌詞を口ずさむのを下支えしている。

私が私に、そして咲子が咲子になれる時間。これが永遠に続けばいいのに、とつい考えてしまう。だが私たちの周りを流れる一分一秒は、砂時計の砂よりも儚(はかな)い。

「そろそろ帰ろうかな」

私は丸椅子から立ち上がり、ギターをソフトケースにしまった。口から飛び出したのは、単なる願望だ。引き止められるのを分かっていながら、私はギターケースを収納に戻し、ベッド脇を去ろうとする。

「待って――サキ」

「あ、忘れてた。今日はまだ緩めてなかったね。回路の交換があったの？　奥までしっかり差し込まれてるみたいだけど」

　私はＴシャツの裾を指に巻きつけ、人工呼吸器に繋がっている管の接続部を左右にねじりながら引っ張った。この程度の力をかけたところで、咲子の希望どおりに管が外れる日が来るかどうかは分からないが、そうなったときに万が一にも鈴木茜に殺人の疑いがかからないよう、このごろは素手(すで)で機械に触らないよう注意している。

「とぼけてる、でしょ」

「……分かる？」

「鎌田先輩と、奈々恵の話を――サキがずっと、避けてるんだもん。もう、会ったんでしょ。教えてよ。二人が何を、言ってたのか」

　やはりなかったことにはできないか、と密かに落胆する。今からでも、彼らの住所が突き止められず会えなかったと説明するのはどうだろう。だがおそらくその手は通用しない。今夜、咲子はこちらを向く体勢でベッドに横たわっている。鈴木茜の交代人格である私は、元から人との交流に慣れていない。間近で表情を直接観察されては、嘘をつくのは難しい。

　鎌田朋哉と公園で話してから、すでに三晩が経過している。

　私はあくまで簡潔に、調査結果を伝えることにした。

「まず、茜が言ってたことは忘れたほうがいいかな。咲子の読みどおり、鎌田朋哉も保谷奈々恵も、寝たきりの咲子に気を使って、当たり障りのないことを言ってただけだったから」

「やっぱりね」と咲子は枕に頬をつけたまま、薄く笑みを浮かべる。「――それで？」

「咲子はさ、事故の前の記憶がほとんどなくて、なぜだかすごく悔しかった気持ちだけが残ってる、って言ってたでしょ。その理由が判明したよ。両親の離婚のせいで、憧れのブライダル専門学校に通えなくなったからだった。咲子はそのショックを、親友にぶつけたんだ。数十万のお金を貸してくれとしつこく頼み込み、何度も断られた挙句、逆恨みして恋人との仲を引き裂こうとした。親友と彼氏のそれぞれに、相手に関する嘘の情報を吹き込んで、すれ違わせることによって」

鎌田朋哉には、清楚な雰囲気にイメチェンする前の奈々恵の姿を浮気の証拠写真風に加工して見せ、恋人に対して疑心暗鬼になったところを言葉巧みに誘惑し、二人きりで遊ぶ約束を取りつけた。

保谷奈々恵には、鎌田がプレイボーイだという虚偽の噂話を伝えたうえ、自分はつい先日正式に告白されて付き合い始めたため、遊ばれている女の一人でしかない奈々恵とは一線を画する存在だと主張した。

かくして咲子の企み（たくら）は成功し、付き合い立てのカップルだった二人の関係はものの見事に破綻（はたん）した。以降、彼らは連絡を取り合うこともなく、二度と重なることのない人生を歩んでいる。

「最悪だね――私」

咲子は自嘲するように顔を歪ませた。私の報告の内容に驚いた様子はない。「本当は全部覚えてたの？」と尋ねると、「ううん、全然」という答えが返ってきた。

「だけど――記憶がなくたって、想像はつくよ。事故に遭うまで、十八年間――生きてきた私が、どんな人間だったかなんて――自分が一番、よく知ってるから。だってお母さんが、高校の先生経由で頼んでも――一度もお見舞いに来ないって、よっぽどだよ。百パーセント二人が悪い、わけない。なのに誰も、それを言わない。でも、今ので分かったよ。本当の私は、汚くて、ずるくて――呆れるくらい、ひどい女。サキも、びっくりしたでしょ？」

「まあ、否定はしないけど。こんなことを調べて、どうするつもりだったの？」

「知ってほしかった。周りに、善人と思われながら――生きる価値なんて、私にはないってこと」

「ほらやっぱり。咲子はさ、死ぬ理由を探してたんでしょ？」

私はベッドの上の彼女を見下ろし、低く言い放った。

「というより、厚浦咲子は死んでもいい人間だって、私を納得させるための根拠を。じゃないと、呼吸器の管を抜いてもらえないから」

「そうだよ。分かってくれた？」

「咲子の目的は分かった。でも、だから私が咲子の自殺を助けてあげなきゃいけない、っていうのはよく分からない」

私がそう言うと、咲子はひどく傷ついたような顔をした。

傷ついたのはこちらのほうだ。過去の〝罪〟を明らかにすれば、私が嘱託殺人に応じると本気で信じていたのだろうか。

　咲子が重度の身体障害を抱えて苦しんでいるのは理解できる。その痛みに共感してしまうからこそ、私は胸の内に葛藤を抱えながらも、夜な夜な呼吸器回路の接続部に手をかけていたわけだ。

　彼女は煮え切らない私に、さらなる説得材料をぶつけようとしたのかもしれない。だがこんなもの——〝罪〟なんてものは、単なる後付けに過ぎない。

「死ぬ理由を私に調べさせるなんて、卑怯だよ」

「そう——卑怯なんだよ、私。高校の親友と、その恋人を騙して——仲違いさせて、二人の未来を——変えちゃったんだもん。健気で、心が美しい——障害者だなんて、笑っちゃうよね。だから死なせてほしいって、言ってるのに」

「咲子が思ってるほど、咲子は悪人じゃない」

「要らないよ、慰めは」

「慰めなんかじゃないってば。私の報告を鵜呑みにする前に、もう少し考えてみてよ。いくらなんでも計画が杜撰すぎるでしょ？」

「——計画が、杜撰？」

　呆気に取られたように、咲子が目を瞬く。その表情を見る限り、先ほどの私の話におかしな点があることには気づいていないようだった。

一つ呼吸をし、私は指摘する。

「いい？　咲子が本当に二人を別れさせるつもりだったなら、保谷奈々恵と言い争いをしたカフェのすぐ近くで、鎌田朋哉を待たせるような真似はしないよね。だって二人が顔を合わせてお互いをなじりあったり、彼氏が彼女を追いかけて釈明したりしたら、咲子の嘘なんて簡単にバレるわけでしょ。同じ日に、同じ場所で、それぞれと会う約束をしたこと自体が不自然なんだよ。そんなリスクをわざわざ冒してまで、二つの約束の待ち合わせ時刻と場所を近づけたのは――」

その場でネタばらしをするためとしか考えられない。

ほんの数日だけ、咲子は二人を困らせるつもりだったのではないか――と、私は話した。

保谷奈々恵によると、事故に遭う直前の咲子は、『すぐそこで待ち合わせしてるから、私たちのどっちを取るか選んでもらおうよ』といった提案を口にしていたという。奈々恵は単なる嫌がらせとして受け取ったようだったが、その相手を煽(あお)るような稚拙(ちせつ)な発言からも、咲子がなんとかして奈々恵を鎌田のもとに連れていこうとしていたことが窺えた。

そもそも鎌田との待ち合わせ場所というのが、学校帰りに寄ったカフェから最寄り駅までの道沿いだったのだろう。茜が初めて鎌田朋哉に会った際、「デートの待ち合わせ場所は事故現場の交差点のすぐ近くで、咲ちゃんはまさに俺と会うために横断歩道を渡ってた」と彼も説明していた。つまり、怒った保谷奈々恵が家に帰ろうとして駅を目指せば、必然的に鎌田朋哉と出くわすように計算されていたのだ。

「数日だけ、って――どうして、そんなことをするの」

不可解そうに問いかけてくるということは、やはり咲子は当時の記憶を完全に失っているようだった。事故に遭う前までの自分が、決して心の綺麗な人間ではなかったことは確信している。その上で、身体障害者として周りに期待され、押しつけられるイメージとのギャップに苦しんでいる。しかし彼女は一方で、自分を疑いすぎてもいる。

「咲子が私に教えてくれたんでしょ。そのころ両親が離婚に向けて話し合いを進めてて、お母さんとともにここを追い出されて田舎の実家に戻るはずだったのが、交通事故に遭って介護が必要な身体になったおかげで、この家にとどまることができた、って。専門学校に通えなくなることが決まった咲子は、遠くに引っ越す予定だったんだよ。お金のことで関係をこじらせてしまった保谷奈々恵とも、自分が仲を取り持ってあげた彼氏の鎌田朋哉とも、金輪際会うことはない。だから最後に、幸せそうなカップルの関係を期間限定で狂わせて、二人の記憶に爪痕を残そうとしたんじゃないかな」

もし鎌田が待ち合わせ場所に来ていたら、『バーカ、あんな雑な浮気写真、信じるなよ』とでも言って頬を引っぱたき、後ろから追いかけてきた保谷奈々恵に彼氏を引き渡す。もし鎌田がいなければ、『彼氏が一途な男でよかったね』などと奈々恵に声をかけて計画の全容を打ち明け、さよならを告げるとともに、傷心中の鎌田朋哉への連絡を促す。

未来を悲観した十代の咲子は、かつての親友とその恋人に、そんなちっぽけな八つ当たりをしようとしていた。

しかし、なぜあの日、思惑どおりに事は進まなかったのか。

答えは明らかだった。

待ち合わせ場所のすぐ手前にあった交差点で、咲子が交通事故に遭って頸椎損傷の大怪我を負い、直前数か月分の記憶まで失ってしまったことで、〝ネタばらし〟の機会を永遠に失ってしまったからだ。

その後、鎌田朋哉と保谷奈々恵の関係は自然消滅した。奈々恵が冷静になって再度鎌田に連絡を取ろうとしなかったのは、目の前で事故に遭った咲子を見捨ててその場から逃げ出したことに対する罪悪感が拭えなかったせいもあったのだろう。近くで咲子とデートの待ち合わせをしていたという鎌田は、ただちに現場に駆けつけたのではないか。もしかすると、交差点の向かいを走り去る自分を目撃したのではないか――奈々恵がそう考えたのだとしたら、逃走の事実を指摘されるのではという恐怖のあまり、着信拒否やＳＮＳのブロックを解除する勇気が出なかったのも無理もない。

結果として、カップルの仲は引き裂かれた。だが咲子がそれを意図していたわけではなかった。三人の若者の運命を大幅に狂わせたのは、咲子の身体機能の大半を奪い去った、憎き交通事故だった。

「ほらね。言ったでしょ。咲子が思ってるほど、咲子は悪人じゃない、って」

「そんなの――サキの、想像でしょ」

「せめて推測とか、推理って言ってほしいな」

「私も、そう思いたいけど！」ベッドに横向きに寝ている咲子が、黒い瞳を震わせる。「分からないよ。交差点を渡った後、私が――どうするつもりだったかなんて。ネタばらしなんて、するつもりなかったかもしれない。取り返しのつかないことをした。それだけは、事実。鎌田先輩と、奈々恵の仲は――もう戻らない、私のせいで」

それに――、と咲子が後ろめたそうに何かを言いかけ、唇を結ぶ。

彼女が何を言おうとしているのか、私にはもう察しがついていた。

鎌田朋哉や保谷奈々恵とのことで私を納得させられないなら、ずっと押し隠してきたもう一つの真実を突きつけてやろう。

一瞬でも、そんな気持ちが芽生えたのだろう。

だが彼女はそこまで残酷になれない。それこそが、咲子が悪人になりきれない所以だった。ベッドの上で自身を責め、苛み続ける彼女が、たとえ根っからの善人ではないにせよ、死を与えられるべき無価値な人間であるはずがない。

心の綺麗な人間――では、なかったと思うよ。

以前、元の咲子がどんな人だったのかと私が尋ねたとき、彼女はそう回答した。

あの発言で、彼女が意識していたのは、一向に顔を見せない元恋人や元親友のことではなく、もっと直接的に私に刃を突きつけるような、とある可能性だったのではないか。

咲子の心に溜まった澱を、今夜、吸い出す覚悟はできていた。何らかの数値を映している人工呼吸器の小さな液晶画面を数秒眺めてから、私はゆっくりと口を開く。

「分かるよ。今、咲子が何を考えてるのか」

「――言われた？　奈々恵か、鎌田先輩に」

「ううん。でも分かる」

枕の上で、咲子は何度か目を瞬いた。もし身体を自由に動かせたなら、きっと小首を傾げていたのだろう。

教えて、と彼女の乾いた唇が動く。私は膝の上で、そっと両手の拳を握る。

「『パンとケーキのおみせ・はる』。覚えてる？」

「もちろん」咲子が驚いたような顔をした。「なんで――知ってるの？」

この間、保谷奈々恵の自宅マンションを訪ねるついでに立ち寄ったのだと、私は説明した。咲子たちの母校である光成高校のほど近くに店を構える、年季の入った個人店。

「そっか。奈々恵、今はあの近くに――住んでるんだね。静かな住宅街で、いいところ――だもんね」

「高校の頃、二人でよく放課後にお喋りをしてたカフェというのは、『はる』のこと？」

「そうだよ。他に――」

「お店が全然ないからね、あのあたり。全体的に、寂れた感じで。『はる』以外には、駅前のコンビニと、クリーニング店くらいしか目に入らなかったもん」

高校の近くにカフェと呼べる店は一つしかなく、それも競合がまったくいないから生き残っていられるような小さな店なのだと、鈴木茜に思い出話を語ったのは、他でもない咲子だった。

「じゃあ、事故が起きた日に保谷奈々恵と大喧嘩を繰り広げたのも、あのお店？」

「うん——そのはず」

「本当に？」

「——なんで、疑うの？」

「そんなことはありえないからだよ」

私は淡々と告げた。続けて、鎌田朋哉に会ったときのことを話す。彼が朝ご飯にドーナツを二つも食べられるような甘党であること。休日にはランニングをする習慣があり、健康に気を使っていること。咲子が事故に遭う直前も、三十分以上早く待ち合わせ場所に辿りついたが奈々恵の電話により退散することを決め、無神経にも『せっかく出てきたし甘いもんでも買って』から帰宅したこと。

「その『甘いもん』を、鎌田朋哉はどこで買ったんだと思う？」

「帰り道のどこか、じゃないの？」

「当時大学生だった鎌田朋哉は、周りに田畑と家と無人駅しかないような地域に住んでた。といっても、下り電車に乗りっぱなしで一時間あれば行けるところ。その日はまっすぐ帰ったのかって訊いたら、そのはずだって言ってた。つまり『甘いもん』を買ったのは、電車に乗る前ってことになるんだよね」

「じゃあ——駅前の、コンビニ？」

「鎌田は甘党だけど、美味しいと思ったお店の商品しか買わない主義らしいよ。『コンビニスイーツや袋入りのアイスは昔から買わない派』って、茜の前で明言してた。甘党なりに、カロリーや糖分の摂取量に気を使ってるんだろうね」

となると『はる』しかないよね、と私はベッドの上の咲子に確認する。

「でもそれはありえない。だって鎌田朋哉との待ち合わせ時刻の直前まで、咲子と保谷奈々恵がお店の営業妨害になりかねないほどの大喧嘩を繰り広げてたんだから。ケーキ屋にちょっとした喫茶スペースがくっついたような、小さなお店だよ。鎌田がそこで商品を買おうとしたのなら、絶対に二人と鉢合わせすることになる。だけどそうはなってない。ってことは、事故現場は高校の近くじゃなかったんだよ」

十二年前に、高校の前の坂道を下った先にある小さな交差点で車に撥ねられた——と、咲子は茜に話した。

その話を起点にしてすべてを考えていたから、おかしなことになったのだ。

保谷奈々恵の自宅を訪ねたとき、かつての親友が事故に遭った場所の近くによく住めるな、と考えた。

奈々恵は決して冷血人間というわけではなかった。なぜなら、事故のあった日に彼ら三人がいたのは、出身高校の近くなどではなかったのだから。

「じゃあどこなのか、って話になるよね」

私は冷静に畳みかける。咲子はすでに追い詰められたような顔をしている。一思いに結論を突きつけたいのは山々だけれど、私が三晩かけて整理した思考の内容を正しく伝えるには、彼女が茜についたもう一つの嘘を、これから暴かなくてはならない。

「咲子が事故に遭ったのは、今の茜と同じ高校三年生の頃って言ってたよね。そういえば具体的に何月だったかは聞いたことがなかったけど、鎌田朋哉の話にヒントがあった」

——奈々恵はさ、咲ちゃんに迫られ続けてものすごく困ってたんだよ。四月からの学費や生活費が足りない、数十万円貸してくれって、春休み前ギリギリまでしつこく頼まれて。

それでも断られ続けた結果、咲子は離婚した母親について田舎に引っ越さざるを得なくなり、最後に嫌がらせとして、親友カップルの関係を数日だけ狂わせる計画を立てた。

学校帰りにカフェで喧嘩した、という奈々恵の証言が正しかったとすれば、咲子が交通事故に遭ったのは、卒業式前のことだったと思われる。咲子は簡単に年齢を引き算して「十二年前」と言っていたが、今が三十歳になる年の六月であることを考えると、十一年と少し前、としたほうが正確だ。

「高校の卒業式って、三月上旬が多いらしいね。その時期の日の入りは、五時半頃なんだって。で、辺りが完全に暗くなるまでには、さらに一時間半近くかかる。だいたい七時前後ってとこかな」

「——調べたの？」

「茜のスマホで、いろいろとね。それで、おかしいなと思って。保谷奈々恵は、咲子と喧嘩したときのことを、『授業が全部終わった後、帰り道にあるカフェに寄って、一時間くらい喋ってた』って言ってた。それなのに、事故の瞬間は『もう夜で真っ暗だったから、そのへんよく見えてなくて』って。学校が終わる時間、ちょっと遅すぎない？」

もちろん、部活をやっていたり、放課後に補習を課すような厳しい高校だったりしたら、その限りではない。だが奈々恵は一年生の夏から帰宅部で、咲子も軽音楽部に籍だけ置いている幽霊部員だった。校則が緩く、宿題も補習もない楽しい高校だったという思い出話も、奈々恵が懐かしそうに口にしていた。そもそも、高三の卒業式前には、丸一日授業が行われることはないのが通常ではないか。

「保谷奈々恵が嘘をつく理由もないと思うんだよね。ってことは、『授業』というのは高校での勉強を指しているわけじゃなかったんだ。そこで思い出したの。咲子が茜に、高校二年生の頃に家でウェディングドレスを作ったことがある、って話してたこと」

鈴木茜がこの家を訪問したときの記憶は、ぼやけたようになっていて、交代人格である私の頭の中に完全な形で残っているわけではない。だからこれまで、矛盾に気づかなかった。他人の言うことを何でも信じてしまうお人好しの茜と違って、私は元来、感情を排して物事を考えられる性格のはずなのに。

ウェディングドレスを縫い上げるというのは、想像しただけでも大変な重労働だ。相当な量の布が必要になるだろうし、費用も時間もかかるだろう。この小ぢんまりとした一軒家の中では、収納スペースを確保するのも一苦労だったはずだ。

それなのに、彼女の母親である厚浦多恵子は、鈴木茜に向かってこう言っていた。

——あの子、若いうちに身体があんなことになっちゃったでしょう、だから自分がやりたいと思ったことを何一つ最後までやり通したことがないのよ。勉強も部活も全部中途半端なまま、寝たきり生活に突入しちゃって。

「なんとか完成させた、って咲子は茜に言ってたよね。だけど、そのドレス作りという一大プロジェクトは、なぜかお母さんの記憶に残ってない。高校時代の咲子はアルバイトもしてなかったっていうから、材料費は親に出してもらったんだろうし、制作中は部屋中が布まみれになってたはずなのに。『最後までやり通したことがない』なんて変だよね？　それで確信したんだ。咲子がウェディングドレスを作ったのは、学校の授業中のことだったんじゃないか、って。

事故に遭ったとき、咲子は高校三年生じゃなくて、専門学校の一年生だったんだよ」

保谷奈々恵が、ハワイアンカフェで鈴木茜に向かって自己紹介をしたときの一言が、私の頭に蘇る。茜も私も聞き流してしまっていたが、彼女はあのとき、はっきりとこう言ったのだ。

――あたしも、そこの出身。

ブライダル系の専門学校は、二年制のところが多いらしい。調べてみると、奈々恵が卒業した、茜の家の近所にある専門学校もそうだった。

そこに咲子も一年時まで通っていた――と考えると、学校終わりの時間やドレス制作に関する辻褄（つじつま）が合うのだった。

専門学校なら、午後六時以降に授業が終了することもあるだろう。鈴木茜も、六時間授業などで夕方に下校した日は、はるばる電車に乗って帰ってきたのち、あの専門学校の学生たちとよく大通りですれ違っている。また、ドレス制作を自宅で行ったという苦しいエピソードを咲子が語る羽目になったのは、事故に遭った時期と場所について茜に嘘をついていることを忘れ、つい口を滑らせたせいだ。

思い返してみると、今更のように、違和感がいくつもこぼれ出てきた。咲子が奈々恵にお金を無心したのが高校三年生のときだとしたら、鎌田が卒業という大イベントに一切触れずに、「春休み前ギリギリまでしつこく頼まれて」という言い方をしたのはやや不自然だ。「咲ちゃんは親のお金で何不自由なく学生生活を続けられる奈々恵に嫉妬して」という彼の言葉も、進学ではなく進級を意識したものだったと分かる。

人間とは、たとえ相手の話の中に小さな矛盾があったとしても、無意識に脳内で整合性を図りながら聞いてしまう生き物なのかもしれない。

ただし茜や私を鎌田朋哉や保谷奈々恵のもとに差し向けた以上、咲子は初めから覚悟していたはずだ。遅かれ早かれ、綻(ほころ)びが次の綻びを生み、こうして嘘が露見することを。もしくは無意識のうちに、そうなることを望んでいたのだろう。親しい相手に嘘をつき続けるというのは、おそらく、私が想像する以上に、精神的負担が重いものなのだ。

「サキって――頭が、回るんだね」

「ベッドの上で考え事ばかりして生きてきたからね。鈴木茜の交代人格としてこの世に誕生してから、十年と少しの間」

諦めたように微笑んでいる咲子を見下ろしながら、私は意地悪くも、あえて正確に年数を言う。

「事故に遭ったその日、咲子は奈々恵と一緒に、専門学校の校舎を出たんだね。あそこから駅までは、徒歩十五分くらいの一本道。五分ほど歩くと有名チェーンのカフェがあって、さらに駅寄りにはフルーツタルトが人気のケーキ店がある。鎌田朋哉との待ち合わせ場所って、ひょっとすると、そのお店の付近だったんじゃないかな」

茜の記憶によれば、あの有名チェーンの一軒家カフェがオープンしたのは、茜が小学校に入学した春のことだった。ケーキ店については、茜が〝咲子さんのため〟にフルーツタルトを買ってきた際に、他でもない私自身が、咲子の経験を聞き取った上で『十七歳の誕生日に食べて以来だと思うから、十三年ぶりかな』という手紙を残している。

つまり、どちらの店舗も、少なくとも十一年前には存在していた。

咲子と奈々恵が学校帰りに大喧嘩をしたのは、あの大通り沿いにある有名チェーンのカフェでのことだったのだ。

一方、約束の時間より三十分以上も前に待ち合わせ場所に姿を現した鎌田は、すぐそばのケーキ店で『甘いもん』、すなわち大人気のフルーツタルトを購入の上、駅から電車に乗って自宅にとんぼ返りした。

考えれば考えるほど、条件が一致するのだった。カフェ以外に甘いものを買える店があることも。その店の閉店時間が午後七時半だということも。専門学校の春休みは早ければ二月後半に始まるということも。咲子が事故に遭ったのは十一年と少し前ではなく、十年と少し前だったということも。

鈴木茜が交通事故に遭って両親を亡くしたのは、小学一年生の二月下旬のことだった。

金曜日の午後八時前、駅前の大きな交差点で。

——咲子は……生きててよかった。

マンション前で話したとき、保谷奈々恵はそう言った。

咲子が、ではなく、咲子は。

私は息を整え、改めて思考を整理する。鈴木茜が「おはなしボランティア」に参加することに、茜の祖母がやけに消極的だったことを思い出す。茜をボランティアに勧誘した森末重美は、根っからのお喋り気質で、作曲の趣味が彼女に伝わればご近所中に噂を広められてしまうと茜もひどく心配していた。茜の祖母は森末重美と仲がいいようだが、友人の口の軽さを知っているだけに、娘夫婦が死亡した事故について、あえて詳しく話さないようにしていたのではないか。

交通事故は、毎日のようにどこかで起こっている。その報道は、匿名（とくめい）で行われることも多い。ましてや、あれから十年以上も経っているのだ。「おはなしボランティア」を最近始めたばかりだという森末重美が、ボランティア先で出会った寝たきりの女性と、道で偶然捕まえた友人の孫娘の関係に想像を働かせることができなかったのだとしても、それは仕方のないことだったのかもしれない。

回りくどくてごめんね、と私は言った。

「カフェから駅までの徒歩十分の間に、交差点なんていくつもあるよ。でもここまできたら明白だよね。茜が両親を失った事故と、咲子が大怪我をした事故は、同一のものだったんだ。茜の祖父母から聞かされてる話からすると、たぶん、咲子が駅前の交差点の横断歩道を渡っているところに、茜の父親が運転する軽自動車が右折で突っ込もうとして、そこへさらにスピード違反の直進車がぶつかったんじゃないかな。その結果、軽自動車が撥ね飛ばされて、歩行者の咲子も巻き込まれた」

　もう一台の車がスピード違反をしていたにもかかわらず、茜の父親の過失が大きいと認定され、十分な保険金が入らなかったのはこのせいだ。右折する際に横断中の歩行者を見落とし、交差点の真ん中で急ブレーキをかけたせいで、直進車の進路を完全に妨害する形になってしまったのだろう。また、事故が起きたときに交差点のすぐそばにいた奈々恵が、激しい衝撃音を聞いて、車同士の事故だと思い込んだのも無理もない。なぜなら実際に、歩行者の咲子のほか、二台の車が絡んでいたのだから。

　ただでさえ両親の死にショックを受け、自身も右脚骨折の重傷と精神的な後遺症を負った七歳の孫娘に、祖父母はとても知らせることができなかったのだ。

　まさに茜が乗っていた車が歩行者を轢き、一生寝たきりの重い障害を負わせたという、暗すぎる事実を。

「……咲子も、詳しく知らされてなかったんでしょ？」

　これまでのことを思い返しながら、私は彼女に問いかけた。

「でもさすがに、いつどこで事故に遭ったかくらいは把握してたわけだ。茜と自分が同一事故の被害者同士だって気づいたのは、私が初めてここに来た夜？　それとも、その次の『おはなしボランティア』で茜と話したとき？」

「二回目に、茜ちゃんと——話したとき、だね」咲子がいつも以上にかすれた声で答える。「初めて会ったとき、サキは——事故の時期や場所に、触れなかった。だから茜ちゃんから聞いて、びっくりしたの。隠さなきゃいけない、って思った。あの事故に、私も関わってたこと——茜ちゃん、知らないみたいだったから。焦って、とっさに——めちゃくちゃな、嘘をついた」

「茜も私も、まったく気づかなかったけど」

「呼吸が速くなったり、声が高くなったり——しないからね、私」

今思えば絶妙な設定だった、と咲子は控えめな調子で自画自賛した。高校の親友、高校の先輩、という言い回しは、幸いなことに、卒業後でも成り立つ。

「なんで、誰も——茜ちゃんを、止めなかったんだろう。ボランティアに、来させたんだろう」

「茜が森末重美っておばあさんと、道でたまたま出会っちゃったのがすべての始まりだったね。でも、茜の祖母は気づいてたよ。本当の理由を話せないせいで、無理やりボランティアをやめさせることまではできなかったみたいだけどね。最後の砦は咲子のお母さんだったんだろうけど、茜の苗字がよりによって鈴木だもん、それだけで瞬時に結びつけるのはさすがに難しかったんじゃないかな」

「お母さんは——今も、気づいてないと思う。事故の話題になると、嫌がって——その場から、逃げちゃうから」

微妙な関係の相手だ。事故の直後は、保険会社を通したやりとりなどもあっただろう。茜の祖母も、咲子の母親も、もしも最初から互いの素性を知っていたとしたら、二人の交流を決して認めなかったに違いない。何せ、事故の被害者同士といっても、鈴木茜は、軽自動車を運転していた加害者の娘でもあるのだ。

咲子はただ一人、鈴木茜との本当の関係に早い段階で気づいていて、誰にも言わずに黙っていた。高齢者を中心とした他のボランティアに比べて群を抜いて年若い鈴木茜を手放すのが惜しかったからかもしれないし、私という〝夜の親友〟を失いたくなかったからでもあったのかもしれない。

「——ごめんね」

気がつくと、咲子が目を潤ませていた。

一方の目から出た涙が、鼻筋を伝い、もう一方の目に飛び込もうとする。私は慌ててサイドテーブルに置かれたハンドタオルを手に取り、咲子の目元の水分をそっと拭き取る。

「隠してて、ごめん。茜ちゃんには、トラウマがあって——サキが、それを全部引き受けてるのに——事故のことを、調べさせてごめん」

「それはまあ、別にいいよ。私以外に頼みようがなかったんでしょ。途中で茜が協力を申し出たのは予想外だったと思うけど、咲子の指示どおり事故の具体的な話は避けたから、結果として、今も真実に気づいてないしね」

「私、ひどいね。鎌田先輩を、騙さなければよかった。奈々恵と、喧嘩しなければよかった。横断歩道なんて、渡らなければよかった。そしたら、茜ちゃんのご両親は――亡くならずに、済んだのに」

「なんで咲子が泣いて謝るの？」

もう一度彼女の涙をハンドタオルで拭いながら、私は何も知らないふりをして尋ねた。

「交通事故に関しては、車を運転してた茜の父親が加害者で、咲子は被害者じゃん。どっちかというと、謝らなきゃいけないのは茜のほうだよ。私の父が不注意で咲子さんを轢いてしまい申し訳ありませんでした、こんな身体にさせてしまって償っても償いきれません、って」

「――意地悪」咲子が恨めしげに、ハンドタオルを持つ私を見上げる。「サキのことだから、もう――分かってるんでしょ。私が何に、苦しんでるのか」

「まあね」

「やっぱり」

「でも、大抵の人がやってることじゃないの？」

「分かんないけど――そんなの、分かんないけど――ダメなの、私のせいなの！」

咲子が静かに取り乱す。機械に管理された、彼女の一定の呼吸音が、私の正気を繋ぎとめる。

心の綺麗な人間――では、なかったと思うよ。

彼女の寂しげな声が、再び私の耳の中で木霊する。氷の粒でできた土星の輪のように、うっすらと罪悪感をまとっている、あの孤独な声が。

茜の両親が亡くなり、咲子が重い障害を負うこととなった、十年前の交通事故。

その現場である駅前の交差点には、歩車分離式の信号機がついている。

車の信号と歩行者信号とが、同時に青になることはない。横断歩道を渡る際は、四方の歩行者信号がすべて青になる。スクランブル交差点でない限りは禁止されているはずの、斜め横断をする自転車や歩行者も後を絶たない。

つまり、車か歩行者か、そのどちらかが、信号を無視していたことになる。

事故の原因となったのは、茜の父親だったのか。

それとも、咲子だったのか。

「茜が報告した時点で、咲子は気づいてたんじゃない？　あの日、自、分、が、赤信号を渡、っ、た、ん、だ、って」

「よく――分かったね」

咲子が放心したように、私を見上げて言う。

「だって咲子、吹っ切れた顔をしてたもん。調査内容にはまだ不満があったみたいなのに、茜から詳しい報告を聞いて何に安心してたかって、事故の経緯がやっと判明したことでしょ」

「あの信号――絶対に、引っかかるもんね。専門学校や、カフェのほうから――歩いていくと。待ち時間も、長いし。嫌な信号。早歩きしても、ダメ。百メートルくらい、全力ダッシュして――通り抜けられるか、どうか」

そのローカルすぎる知識は、この近所に住む者として、鈴木茜も当たり前のように把握していた。歩行者にとっては必ず長時間待たされる面倒な交差点だが、駅の目の前である上、近くに横断歩道がないため迂回（うかい）するのも難しい。そのせいで、茜にとってはつらい記憶を思い起こさせる場所であるにもかかわらず、高校への通学路に組み込まざるを得なかったのだ。

事故が起きた日、咲子が渡ったのは、赤信号。

その事実を間接的に私に教えてくれたのは、保谷奈々恵が茜に対して語っていた、事故直前の不自然な行動だった。

——先にあたしがカフェを飛び出して、咲子が追いかけてきて、振り払おうとして駅に向かって歩いて……でもそれでもしつこくついてくるから、あたし、いきなり立ち止まって、何も言わずに元来た道を引き返そうとしてさ。そこが交差点の手前だったってわけ。

事故発生の直前、保谷奈々恵は自分を裏切った咲子に激怒し、さっさと帰宅しようとしていた。あまりに気が立っていて、駅までの道を歩く間に、隣にいた咲子に向かって「ふざけんな、帰る！」とヒステリックに叫んだという。そのように一刻も早く駅に到着したかったはずの奈々恵が、迂回しようとすると大幅な遠回りになるにもかかわらず、咲子を振り切るため、横断歩道を渡らずに突如として回れ右をしたのは、いったいなぜだったのか。

目の前の歩行者信号が、しばらく青にならないと知っていたからだ。

「咲子も咲子で、普通の精神状態じゃなかったんだろうね。横断歩道を渡った先にあるケーキ店付近に、鎌田朋哉の姿があるかどうか早く確かめたくて、気が急いてたんじゃないかな。夜の八時近くなって、交通量が少なくなってた交差点を、咲子は左右の安全だけ確認して渡り始めた。そこへ、地元の道をよく知る茜の父親が、横断歩道に歩行者がいるはずないと思い込んで、勢いよく右折してきた。赤信号を渡る咲子の姿に気づいて、驚いて減速したところに、駅の方向からやってきたスピード違反の対向車が突っ込み、茜が乗っていた車が咲子を巻き込む形で電柱に向かって弾き飛ばされた――そんなところだったんじゃないかな」

「だと、思うよ。覚えてないのが、悔しいけど」

「自分が赤信号を渡ってた可能性に気づいたのって、いつ？　家にあんまりお金がない状態が続いてたことが原因？」

「サキは、鋭いね」と咲子が力なく笑う。「そうだよ。もう、ずいぶん前になるかな――」

母親の多恵子が、別居中の父親から生活費がなかなか振り込まれないと怒っていたことがあった。「でも私がひどい障害を負ったから、その慰謝料があるよね」と尋ねると、「介護だのなんだのにお金を持ってかれちゃうから」と曖昧に濁された。介護には自治体から補助が出ているはずだった。駅前の交差点で、二台の車が絡む事故に巻き込まれたという以外、事故の詳細を聞かされていなかった咲子だったが、このときの母親の気まずそうな態度で、慰謝料が支払われていない、つまり交通事故の原因が自分にある可能性に思い至った。

それ以上、母親には直接訊けなかった。惨(むご)い事故の話題を振ること自体が、全身血まみれの大怪我をして集中治療室に入った娘の姿や、それに伴う強い不安や恐怖の感情を呼び起こさせ、ただでさえ介護で疲弊している多恵子を精神的に追い詰めることになると知っていたからだ。

咲子はそう語ると、「茜ちゃんのスマホで、調べてくれない？」と頼んできた。歩行者信号が赤だった場合の、車と歩行者、それぞれの過失割合が知りたいという。

言われなくても、すでに調べてあった。青信号だったならば十対ゼロのところが、概ね、三対七。実際にはスピード違反の直進車が絡んでいるし、右折車である茜の父親の過失が大きく取られた可能性もあるから、どのような比率で請求が行われたかは分からない。だが車側では二人もの人間が命を落としている以上、いくら年若い娘が重い後遺障害を負ったとはいえ、咲子の両親はむしろ慰謝料を支払わなければならない立場に追い込まれたのではないか。

これ以上相手方に無理な請求もできないし、と茜の祖父母が困ったように話していたのを、昔、茜が夜中に立ち聞きしたことがある。今思うとあれは、保険に入っていたはずのスピード違反の車を意識したものではなく、ほぼ母子家庭のような状況で二十四時間介護に追われる厚浦家の事情を汲んだ発言だったのだろう。

車が来ていなければ、平気で赤信号くらい渡ってしまう——。

社会経験のない私には、よく分からない。だが、かつての咲子と似たような考え方をしている人間は、果たしてこの国に、この世の中に、どれだけいるのだろうか。

咲子の涙は、もう止まっていた。いったん気持ちが落ち着いたのか、それとも身体の機能的な問題で涙を流し続けることができないのか、外から見た限りは判断がつかない。だが私には、彼女が重荷から解放された顔をしているように見えた。

「ね。最低な人間でしょ」

咲子が言う。先ほどまで泣いていた名残で、その目は痛々しいほど赤くなっている。私は湿ったハンドタオルをサイドテーブルに戻しながら、彼女のかすれた声に黙って耳を傾ける。

「私は交通事故の被害者、じゃない——加害者だったんだ。茜ちゃんのお父さんと、お母さんの——命を奪って、茜ちゃんを悲しませて——おじいちゃんと、おばあちゃんに——大変な思いをさせて。うちのお母さんの人生も、台無しにして。——ありがとう。サキのおかげで、やっと——本当の自分に、戻れた気がするよ。思いやりがなくて——ルールなんて、破るのが当たり前で——卑劣で、卑怯で——世の中を、舐めて生きてた——等身大の、醜い私に」

汚れていない人間なんていない。

だからこそ、綺麗事ばかりの世界に押し込められるのは、もしかするととても不幸せなことなのかもしれないと、私は彼女がベッド上で過ごしてきた日々に思いを馳せる。

十年もの間、身動きも取れずに自分の思考と向き合い続けるしかなかった咲子は、私の目に、苦しみすぎているように映る。たった数日、邪（よこしま）な気持ちで友人カップルと向き合っただけで。たった一度、赤信号の横断歩道を安全に渡り切れなかっただけで。そう考える私もまた、世の中を舐めているのだろうか。

憎んでいいよ、と咲子は光を失った目で告げた。

「茜ちゃんに、トラウマができたのも——それを、押しつけられたサキが——つらい思いを、してきたのも——全部私のせい、だったんだから。分かってくれた？　私なんて、いいところが一つもない——迷惑ばかり、周りにかけてる——死んだほうがいい、無価値な人間だって」

「だからそうやって私を説得しようとするのはやめてってば。咲子は思いつめすぎてるだけだよ」

「サキにまで、そんな優しい言葉——かけられたくない！」

「優しくしてるつもりはないよ」と私は訂正する。「だって咲子は無価値じゃないから。少なくとも私は、感謝してる」

「——感謝？　私に？」

咲子が唖然（あぜん）として私を見つめる。私が苦し紛れに支離滅裂なことを言い出したとでも思っているのかもしれないが、そうではない。

私は目をつむり、思い出す。初めて自分の意思でベッドから起き上がり、胸が高鳴るのを感じながら茜の家を抜け出した、あの夜のことを。

咲子の家に向かうときは、いつだって、えもいわれぬ引力のようなものを感じていた。咲子のことを考えると、胸の奥がじんと熱くなった。不思議と、ここに来たくてたまらなくなった。私という交代人格を内に抱える鈴木茜も、どうやら同じような感覚を体験しているようだった。きっと私の存在が、潜在的（せんざいてき）に影響を及ぼしていたのだろう。無意識のうちに、咲子のもとに引き寄せられ、できることを何でもしてあげたい、喜ばせてあげたい、そう素直に感じてしまう、強烈な感情の働き。

「上手く説明するのは難しいんだけど、私も茜も、厚浦咲子という人間にものすごく惹かれてたの。なんでだと思う？」

「私が、かわいそうだから?」

「違うよ」

「性格がよかったから——なんて、言わないよね」

「言うわけないじゃん」

私が笑い飛ばすと、「じゃあ、何?」と咲子が気色ばむ。

そんな彼女から視線を逸らし、前庭に面した掃き出し窓を半分ほど覆っている、薄ピンク色のカーテンを見つめる。

一拍の間を置いて、私は言った。

ありがとう、咲子、と。

私を、私にしてくれて。

「咲子は、私にサキって名前をつけて、名づけ親になってくれたよね。でもそれだけじゃなかった。あの日、赤信号の横断歩道を渡って事故を引き起こしたことで、私という人格を誕生させた、生みの親でもあったんだよ」

鈴木茜は、自身が車の後部座席で寝ている間に起きた事故のトラウマを切り離すため、夜にだけ現れる、私という交代人格を作り出した。

あの事故がなければ、私は今、ここにいない。

「つまり、咲子が信号無視したことにも意味があった、価値があったってことだね。ありがとう、本当に」

背後の収納にしまったレモン色のエレキギターを頭に思い浮かべながら、私は小さく頭を下げる。

しばらくして、私はベッドの上へと視線を戻した。咲子はこちらを非難するような目をして、唇をわななかせていた。

「ねえ、サキ――自分が何言ってるか、分かってる？」

「もちろん」

「茜ちゃんの両親が、亡くなってるんだよ？」

「死んだのは茜の親でしょ。私のじゃない。そもそも私に親なんていないし」

咲子を除けばね、と私が付け加えた言葉に、彼女は怯んだように瞳を揺らす。

「だから少なくとも、私は咲子を恨んだりしない。心から感謝してるのも本当。もし茜や、茜の祖父母や、咲子のお母さんや、鎌田朋哉や、保谷奈々恵が咲子を責めたとしても、私だけは咲子の味方。咲子はどうしても自殺したいみたいだけど、私からすれば、やっぱり死んでほしくなんてないし、その手伝いもしたくない」

「そんなこと、言わないでよ。私を、これ以上――苦しませないで」

「事故のことなら、苦しむ必要なんかないって言ってるのに」

「あるよ、私なんて――」

「言っとくけど、あの茜だって、赤信号を渡ったことはあるよ」私は彼女の言葉を遮り、その些細な事実を伝える。「ま、あの子は事故が怖いから、小さい交差点にある短い横断歩道を、先に渡った他の通行人に続いて、恐る恐るだけどね。私が言いたいのは、それだけ」

はっとしたように、咲子が黙り込む。そんな彼女を見下ろしながら、私は頭を掻きむしりたい衝動に駆られる。

どうして上手く伝えられないのだろう。

咲子に、生きていてほしいのだと。私のそばにいてほしいのだと。音楽的才能など微塵もない私に、どうか愛想を尽かさずに、これからもギターを教えてほしいのだと。

だが同時に、私は知っている。私にも、そう長い時間は残されていない。このところ、鈴木茜は、睡眠を恐怖でなく、喜びと捉え始めていた。〝咲子さんのため〟になると信じて、安心しながら眠りにつくことができるようになった茜は、私という交代人格に頼らなくても生きていける力を身につけ始めている。

病気を克服する方法は、医師による治療だけではない。十年と数か月もの間、夜の時間を一身に背負っていた私は、もはや必要とされなくなっているようだった。きっと、近いうちにお役御免となり、主人格である鈴木茜の精神に統合されるのだろう。

だから、咲子に言えない。心が綺麗な人間じゃなくていい、醜いままでいいから、ずっと私と一緒にいよう、だなんて。

私は丸椅子から立ち上がり、Tシャツの裾に両手の指を巻きつけた。

人工呼吸器の管に手を伸ばす。

咲子が期待に満ちた目で、私の手の動きを追っている。

機械との接続部を、いつものように握った。これを引き抜けば、咲子への酸素の供給が止まる。二階に寝ている難聴の多恵子の耳に、アラームの音が届かない限り、咲子は微動だにできないまま、見慣れたこのベッドの上で、じきに生を終えることになる。

大きく息を吸い、長く吐いた。

言葉で伝えられないのなら、行動で示すしかない。

両腕に渾身（こんしん）の力を込め、先ほど緩めたばかりの接続部を、衝動的に、思い切り、奥まで押し込む。

「何するの！　やめてよ！　戻して！」

十年間の苦しみを凝縮したような声が、突風のように押し寄せてきた。

その剣幕に驚き、私は反射的に機械から飛び退いた。辺りの空気を震わせるような大声が響きわたったわけではない。気管切開している咲子にそんな芸当はできない。彼女から痛いほど放たれていたのは、今日という機会を逃すわけにはいかないという、全身全霊の気迫だった。

勢いよく後ずさりした私の脚が、何かにぶつかる。振り返ると、衝撃で脚が閉じてしまった折り畳み式の丸椅子が、バランスを失ってゆっくりと横倒しになり、介護用ベッドの脇にもたれかかろうとしていた。

大きな音はしなかった。その代わりに、背の低いベッド柵に固定されていた長くて複雑な呼吸器の回路が、急にのしかかってきた物体の重みに耐えきれず、だらしなく伸びきったゴムのように曲線を描いて、床に向かって垂れ下がる。

私は慌てて、呼吸器の管を元の位置に戻そうとした。斜めに倒れた丸椅子に手を伸ばそうとすると、「触らないで！」と咲子のいつになく鋭い声が飛ぶ。

「それでいいから。お願い、サキ。今は出ていって、早く！」

人工呼吸器のアラームは鳴っていない。きっと大丈夫だ。外れることはない。ついさっき、接続部を奥のほうまで固く差し込んだばかりなのだから。

しかし咲子の声は必死だった。丸椅子を起こそうとした私の指先が、宙をつかみ、大きく痙攣する。

これは彼女の最後の賭けなのだ、と思った。

この十年間、咲子は麻痺や幻肢痛をはじめとする身体の不調や、憐れな身体障害者として扱われることへの罪悪感と密かに闘ってきた。そのあいだ胸に抱き続けてきた切なる望みが、今夜、叶うかどうか。

たった一か月半、真夜中のみの交流を続けただけの私の言葉に、彼女の胸に積もり積もった暗い影を完全に除去するほどの力はなかった。そう思うと悔しさが拭えない。だが少なくとも、咲子がその決断を運任せにしたのは確かだ。「今は出ていって」の「今」には、未来への含みがある。もし明日の夜になっても生きていたら、またここで会おうね――そのくらいの、小さな余地を残して。

それだけでも、私が人知れず生を紡いできた価値は、あったのかもしれない。

彼女の懇願に屈するようにして、私は介護用ベッドの足元を回り込み、逃げるようにして窓から外に出た。こんなときでも、カーテンと窓を元通りに閉めるのは忘れない。五センチだけ残して、網戸のままにしておく。その細い隙間から小ぢんまりとしたリビングを覗くと、この一か月半の〝夜のお散歩〟が、走馬灯(そうまとう)のように、頭に蘇る。

空耳、だったのだろうか。

靴を履き、窓を背にした瞬間、ありがとう、というかすれ声が、後ろで聞こえた気がした。

何種類もの花が咲く小さな前庭を横切って、午前四時半過ぎの住宅街へと飛び出す。いつの間にか、雨が降っていた。梅雨真っただ中の六月中旬、私は天から降り注ぐ雨なのか、目からあふれる涙なのか、正体の分からない生温(なまぬる)い水に濡れそぼちながら、明け方の薄明るい街をひた走る。

角を曲がる前から、予感はあった。

家の門のそばに、傘を差して左右を見回している茜の祖父母の姿が見える。今はただ、温かい人肌に触れたくて、私は彼らの腕の中に飛び込んでいく。たぶん、鈴木茜は今日、再び心療内科に連れていかれるだろう。夢遊病を想定した夜の徘徊対策も、より厳しいものになるはずだ。だが、そんなこととは関係なく、私は自分の――鈴木茜の身体の内側に、これまで経験したことのないような強い力で引っ張られているのを、今まさに感じている。

咲子にはもう会えない。

咲子のふりをして、茜と付箋の手紙をやりとりすることもない。

もう二度と。

過ごしてきた日々の大半は、孤独で退屈で、無力で耐えがたい生だった。その最後の一か月半を、レモン色のギターや、宝石がちりばめられたようなフルーツタルトや、明るいイエローのワイドパンツや、涙に濡れたハンドタオルが彩っている。

あとは託したよ、茜。

急に全身の力が抜ける。祖父母に両脇（りょうわき）を支えられながら、朱（あか）く染まった遠くの空を見上げ、私はそっと目を閉じる。

まぶた越しに朝の光が差し、〝私〟の意識は途絶えた。

エピローグ

乾いた地面に、冷たい水が染みわたっていくような、そんな透き通った鈴(りん)の音が、空間を満たす。

本来、仏具の鈴を鳴らすのは御経(おきょう)を唱えるときだけでいいらしい。すごく綺麗な音だから叩いてみて、と茜を促したのは、多恵子さんだった。——ほらね、風鈴みたいな音色で、聴くと癒されるでしょう。形も真ん丸で、銀色で、可愛らしいし。昔ながらの仏壇より、このほうが喜んでくれると思ったのよね、咲子は新しもの好きだったから。

介護用ベッドのなくなったリビングは、知らない家かと見紛うほどに広かった。ベッドのあった場所には、落ち着いたサーモンピンクのラグが敷かれている。その隅には小さな丸テーブルが置かれていて、木箱のような形のミニ仏壇が置かれていた。丸みを帯びた北欧風(ほくおうふう)のデザインで、手前に向かって開かれた蓋の上には、ローソクやお花を立てた小さなガラス製の器が並んでいる。

座布団の上に正座した茜は、鈴の音が余韻を残して消えた後も、長いこと手を合わせていた。気の済むまでそうしてから、ゆっくりと目を開ける。丸テーブルの上に飾られている写真は二枚あった。一枚は、茜のよく知るベッドの上の咲子さん。そしてもう一枚は、高校の制服姿でピースサインをしている、若々しい笑顔の弾けた咲子さん。

「十年以上も前の写真を飾るなんて、ちょっと変よね。でも両方飾らないと、咲子に怒られるような気がして」

茜が二枚の写真を交互に見つめているのに気づいたのか、ダイニングテーブルでグラスにお茶を注いでいる多恵子さんが話しかけてきた。以前のような潑剌とした大声が影を潜め、どこかしおらしい響きに聞こえるのは、お医者さんの勧めで補聴器を使い始めたからだと、大学生になってから何度もここに足を運んでいる茜は知っている。

彼女の両隣には、重美さんとおばあちゃんが座っていた。重美さんはすっかり多恵子さんと仲良くなり、よくお茶をしに訪れているようだけれど、おばあちゃんがここに来るのは茜に同行するときだけだ。別に重美さんと二人で行くからいいよ、といくら伝えても、私も茜ちゃんと一緒にお線香をあげるのが筋だから、とおばあちゃんは譲らない。多恵子さんとおばあちゃんは、この家で顔を合わせるたび、なぜだか互いに緊張した面持ちで、丁寧すぎるくらいに深々と頭を下げる。そんなに気にすることはないと思うのだけれど、当初おばあちゃんが茜のボランティアに反対していたことが、未だに尾を引いているのかもしれない。

「どんな写真を飾ったって、咲子ちゃんが怒ったりするわけないでしょうに」重美さんがテーブルを軽く叩き、笑って首を左右に振った。「だってねぇ、あんなに穏やかな、いい子だったんだから」

「昔はそうでもなかったんですよ。特に中高生の頃は、反抗期がすごくて」

「嘘おっしゃい、反抗期ってったって可愛いもんでしょ、あの咲子ちゃんのことだもの」

多恵子さんの言葉を、重美さんが一蹴する。生前の咲子さんに会ったことがないおばあちゃんは、麦茶のグラスに両手を添えたまま、追悼の色を浮かべた目を静かに伏せている。

茜は二枚の写真を眺めながら、黙って頷いていた。重美さんの言うとおり、咲子さんは穏やかで、いい人だった。目が糸のようになる笑顔が愛らしく、一回り年下の茜にいつも優しい言葉をかけてくれた。でも、もっと知りたかった、と思う。できることなら直接会ってみたかった。麻痺した身体や人工呼吸器から解き放たれ、身軽な姿となった、素のままの咲子さんに。

夜ごと、自分の身体を貸していた茜には、その願いは叶わなかった。だからこそ、これから知っていくんだ、と意気込んでいた。受験の結果が分かり、玄関の外に走り出そうとしたあの日は、その第一歩のはずだった。十分に知る時間が与えられないまま、咲子さんは行ってしまった。置いていかれた茜の心に、人肌の温もりがまだわずかに漂う、大きな穴を残して。

高校の卒業式が終わって数日経った春の日、玄関先で泣き崩れた茜を見て、おばあちゃんはひどく驚いていたようだった。たった一か月弱、「おはなしボランティア」に通っただけの相手が、茜の中でこれほどの存在になっていたとは思わなかったのだろう。

茜だって、もう咲子さんに会えないと分かってから、初めて自覚した。

あのころ毎晩のように交わしたピンク色の付箋の手紙は、小さなクッキー缶に入れて、机の引き出しの奥にしまってある。

そろそろ一周忌ですか、というおばあちゃんの言葉で、茜は我に返った。

顔を上げた途端、半分ほど網戸になっている掃き出し窓から、夏の香りを含んだ風が吹いてきた。一年と少し前、ベッド脇で他愛ない会話をしていた日々の記憶が、風に乗って茜の頭の中に流れ込んでくる。咲子さんの死を知らされてからまだ三か月も経っていないのに、もう一周忌だなんて、気持ちが追いつかない。

「そうなんです。ちょうど六月の、この頃でしたねぇ。今日みたいに気持ちのいい天気ではなくて、朝から小雨が降ってて。いつものように朝五時に二階から降りてきて、アラームが鳴りっぱなしになってるのに気づいたときは、気が動転してしまって。接続を直そうにも、指が震えて、どうにもならなくて……それで、もう手遅れなのに、慌てて救急車を呼んで……」

「ごめんなさいね。つらいことを思い出させてしまって」

「いいんですよ。最近になって、やっと自分を許せるようになってきたんです。あの日、抜けてしまったのは、医療関係者でも原因の特定に時間がかかるような、呼吸回路の中でも非常に分かりにくい部分だったそうで。アラームを聞いてすぐに駆けつけたとしても救命は難しかったかもしれないって、お世話になった訪問看護師さんが教えてくれたんです。もっと抜けやすい接続部が他にあるのに、そうならなかったのは、お母様が普段から念入りにチェックして、しっかりと差し込んでいたおかげですよ、って」

多恵子さんが、言葉を一つ一つ押し出すように言う。娘が亡くなった当日の話を、茜が多恵子さんの口から直接聞くのは、初めてのことだった。

「あの子がどうやって亡くなったか、詳しくはお話ししてませんでしたよね。回路が抜けたのは、ベッド脇の狭いスペースに置いていた折り畳み椅子が倒れてしまったせいだったんです。もうずいぶん古いもので、脚がガタついてましたし、最後に使った私の置き方が悪かったんでしょうけど……でも、こんなふうにも思えるんです。咲子の願いが通じたんじゃないか、って。念力みたいなものが働いて、椅子をベッドのほうに倒したんじゃないかって。ばかばかしいでしょ？」

「咲子さんの……願い、って」

茜は目を見開き、正座したまま背筋(せすじ)を伸ばした。重美さんもおばあちゃんも、驚いた顔をして多恵子さんを見つめている。

気づかないふりをしてたけどね、と多恵子さんは寂しそうに微笑んだ。

「回路交換に来た看護師さんに、人工呼吸器の管が抜けた事例の話なんかを、熱心に訊くんだもの。それでいて、私に注意するよう促すわけでもなく、『いつもそんなに気を張ってたら疲れるだろうから、もっと楽に構えてもいいんじゃない』なんて言うの。私への気遣いのように見せかけて、何かが起きるのを望んでいたのよね、あの子は。そうはさせないぞって頑張ってたつもりだったけど、結局は、私が負けちゃった」

「どうして、咲子さんは……」

「私たちには、分かってあげられない」多恵子さんは、悟ったような目をして言った。「簡単に、一言で言い表せるようなことじゃないんだと思うの。咲子は、茜ちゃんと曲を作るのを楽しみにしてた。約束してた歌詞だって、私に代筆を頼んでまで、一生懸命考えてた。私だってね、いつも伝えてたのよ。あなたは宝物だと。あなたの苦しみも、悲しみも、全部私たち二人のものだからと。あなたがいなくなったら、お母さんは抜け殻みたいになってしまうと。それでも、あの子は行ってしまった。本心だと信じてもらえなかったのかもね。悔しいな。咲子を思いとどまらせるには、どうしたらよかったのか、今でも答えが出ないの」

目に涙を浮かべて語る彼女は、口ではばかばかしいと言いつつも、心から信じているようだった。あれは四肢の麻痺した咲子さんによる〝自殺〟だったのだと。

そんなことが、ありうるのだろうか。

重美さんとおばあちゃんは、困ったように顔を見合わせている。多恵子さんが悲しみのあまり、おかしな思考に走っているのではと心配しているのだろう。

だけど茜だけは、察してしまう。

咲子さんが亡くなった夜に、何が起こったのか、を。

彼女は、茜の身体を使って〝夜の散歩〟に出た。深夜の住宅街を歩き、何らかの手段でこの家に足を踏み入れ、人工的な寝息を立てている自分自身の身体を見下ろしながら、折り畳み式の丸椅子を手にして——そして。

急に目頭が熱くなり、膝に置いた両手が震え出す。ダメだよ、絶対に信じないよ、と口の中で小さく言葉がこぼれる。そんなことのために、身体を貸したわけじゃない。真実は分からない。ただの事故だったのかもしれない。そう思いたい。いずれにせよ、咲子さんには生きていてほしかった。エゴかもしれないけれど、でも、本当に、心の底から。

胸の奥が、なぜかは分からないけれどはっきりと二回、刺すように痛んだ。一回は茜の分。あとのもう一回は——誰のものだろうか。

死は痛みを残す。たとえ本人が気づいていなくても、あちらこちらに。

「あら、すみません、変な雰囲気にしちゃって。茜ちゃんも、麦茶でいい？　ジュースか、冷たい柚子茶もあるわよ」

多恵子さんが明るく言い、席を立とうとする。「大丈夫です、長居するのも申し訳ないので」と断ると、彼女は寂しそうに眉尻を下げた。お言葉に甘えて柚子茶をもらえばよかったかな、と後悔したけれど、思い出の飲み物を口にしたら咲子さんと過ごした記憶があふれて止まらなくなってしまいそうで、今はやっぱりやめておくことにする。

「そういえば茜ちゃん、この間はどうもありがとう」

「えっと……何でしたっけ？」

「咲子が亡くなったことを、鎌田くんと奈々恵ちゃんに報せてくれた件よ。インターネットでわざわざ連絡先を探し当ててくれたんですって？　おかげで二人とも、先月顔を見せてくれたわ」

「来たんですか？　あの二人が？」

「別々に連絡をもらったんだけど、知り合いだろうと思って、私が勝手に同じ日時を指定したのよね。鉢合わせさせちゃ、まずかったのかしら。お線香をあげて玄関を出ていった後、家の目の前で、ずいぶんと長いこと、神妙な顔で何かを話し合ってたみたいだったけど」

あの鎌田朋哉と保谷奈々恵が、弔問に訪れてほしいという茜の要望を受け入れたのは意外だった。咲子さんの心残りがなくなるようにと、懸命に文面を考えてメッセージを送ったのは事実だけれど、茜とはたった一度しか会っていない関係なのに、よく説得に応じてくれたものだ。人の死というのは、それくらい、残された者の心を動かすものなのかもしれない。

どんな形であれ、咲子さんは、彼らの中で生きていく。そして、咲子さんにとってはちっぽけで無力な存在だったかもしれないけれど、もちろん、茜の中でも。

「そうだ、茜ちゃん。これ、もらってくれない？」

椅子から腰を浮かしたまま、中途半端な姿勢で立っていた多恵子さんが、不意にテーブルを回り込んで壁面収納の扉を開けた。彼女がバランスを崩しそうになりながらやっとこさ取り出したものを見て、茜は目を丸くする。

「ギター、ですか？」

「ええ。咲子が高校生の頃にちょっとだけ使ってたものなんだけど、うちにあってもケースに入れっぱなしでしまっておくだけになっちゃうから。せっかくなら、弾ける人に譲りたいなと思って」

「私、ギターはやったことがないんですけど……」

「あら、そうだった？　ごめんなさい、勘違いしちゃった。大学で音楽サークルに入ったって聞いたから、てっきりバンドでもやってるのかと」

「ミュージカルのサークルなんです。でも私は裏方で、オリジナルの曲を作ったり、演技中に流すＢＧＭを繋ぎ合わせたり……まあ、そんな感じのことを」

「すごいじゃないの！　ミュージカル？　お婆も見にいっていいのかしら」

重美さんが目を輝かせながら割って入ってくる。いくらおばあちゃんの友達とはいえ、恥ずかしいからそれはやめてほしい。

大所帯の賑やかなサークルに入る決断ができたのは、咲子さんのおかげだった。向き不向きは、やってみなくちゃ分からない。高校生の頃にウェディングドレスを自主制作したという話の中で、咲子さんが口にした言葉がずっと胸に残っていて、引っ込み思案だった茜に勇気を与えてくれたのだ。

「よいしょ、っと」

弾けないと説明したにもかかわらず、多恵子さんが黒いソフトケースからギターを重そうに取り出し、にこやかに手渡してきた。爽やかなレモン色が目に眩しい、スタイリッシュなエレキギターだ。

ヘッドを左手でつかんで受け取り、椅子に座り直して構えてみた。「いいわぁ、さまになるわよ」と重美さんが大げさに拍手を始める。実際、初めて触った感じはしない。左手で弦を押さえることも、右手で弦を搔き鳴らすことも、脚を組んだほうが楽に演奏できることも、なぜだか身体が理解している。

天国の咲子さんが教えてくれたのかも、と考えると、自然と頰がほころんだ。

気がつくと、無意識に右手が上下に動き、リズムを取っていた。頭の中に、どこからともなく、聴いたことのないメロディが流れ込んでくる。同時に美しい和音も鳴り響く。主旋律（しゅせんりつ）とコードが噛み合い、脳内を浮遊し続けていた言葉の断片と結びつき始める。三か月近く前、咲子さんの死を知らされてすぐに弔問に訪れたとき、多恵子さんに手渡されたノートに綴（つづ）られていた、歌詞の卵たちだ。

　今回はパソコンじゃなくて、ギターで作ってみるのもありなのかも、とぼんやり考える。相当な勉強が必要になるだろうけれど、そのくらいの手間をかけたほうが、いいものが出来上がりそうだ。

　窓の外では、多恵子さんが心を込めて育てた赤や黄色の花が、去年と違わず、太陽の光をめいっぱいに受けて咲いている。

　あれからというもの、夜を怖いと思うことはなくなった。睡眠薬に頼らずとも、日付が変わる頃には眠りにつき、朝には気持ちよく目が覚める。夢を見ることもある。大学の講義に出席するのを忘れていた、というような冷や汗をかく夢も中にはあるものの、大抵は平和な内容だ。咲子さんが出てくることもある。夜の住宅街を、二人並んで散歩する夢を見たときは、幸せの余韻が次の日まで続いていた。

　人と交わる勇気も、新しい歌も、夜見る夢も、きっと全部、咲子さんからのプレゼントだ。彼女との出会いなどなかったかのように、まるで幻だったかのように、茜の大学生活は何事もなく始まった。時は進んでいく。それでいいのか、と立ち止まりたくなるときもある。そんなときはここに来ることにしている。彼女との数少ない思い出を、小さな宝箱からこっそり取り出して、また誰にも知られないように、箱の中にしまう。

彼女はもう、茜の中にいない。

だけど茜の中には、彼女の姿がある。

弦から離した両手に、じっと目を落とした。そしてもう一度ギターを抱え込み、もらいます、と高らかに宣言する。多恵子さんが嬉しそうに笑う。重美さんが一曲リクエストするように手を叩き始める。そんなお調子者の友人を、こらこら、とおばあちゃんが目を細めてたしなめる。

左手で弦を適当に押さえ、右手を軽く振り下ろす。

弾き方を知らないはずのGのコードが、リビングの片隅に響いた。

《参考文献》

『〈眠り〉をめぐるミステリー　睡眠の不思議から脳を読み解く』櫻井　武　NHK出版

この作品は書き下ろしです。

本作品はフィクションです。実在する人物、団体等とは一切関係ありません。

辻堂ゆめ

1992年神奈川県生まれ。東京大学卒。第13回『このミステリーがすごい!』大賞優秀賞を受賞し『いなくなった私へ』でデビュー。『トリカゴ』で第24回大藪春彦賞受賞。他の著作に『山ぎは少し明かりて』『十の輪をくぐる』(小学館)、『僕と彼女の左手』『あの日の交換日記』(中央公論新社)など多数。

二人目の私が夜歩く

2024年4月25日　初版発行

著　者　辻堂ゆめ

発行者　安部順一

発行所　中央公論新社

〒100-8152　東京都千代田区大手町1-7-1
電話　販売 03-5299-1730　編集 03-5299-1740
URL https://www.chuko.co.jp/

DTP　ハンズ・ミケ
印　刷　大日本印刷
製　本　小泉製本

Published by CHUOKORON-SHINSHA, INC.
Printed in Japan　ISBN978-4-12-005778-6 C0093

あの日の交換日記

辻堂ゆめ

先生、聞いて。私は人殺しになります。お願いだから、じゃましないでね？（「教師と児童」）

わたしだって本当の気持ちを書くからね。ずっと前から、ムカついてた。（「姉と妹」）

嘘、殺人予告、そしてとある告白……。大切な人のために綴られた七冊の交換日記。そこに秘められた、驚きの真実と感動とは？

〈解説〉市川憂人

イラスト／堀川友里

中公文庫